De spiegelkoning

Hans Mol

De spiegelkoning

Uitgeverij IJzer, Utrecht

De boeken van IJzer worden uitgegeven onder redactie van
Willem Desmense.

Zie ook de website: www.uitgeverij-ijzer.nl

Uitgeverij IJzer probeert haar boeken zo goed mogelijk te verspreiden. Wie een uitgave niet kan vinden of op de hoogte wil blijven van de activiteiten van IJzer, kan een kaartje sturen naar
Postbus 628, 3500 AP Utrecht,
of een e-mail: uitgeverij.ijzer@hetnet.nl

ISBN 90 74328 55 5

Inhoud

1

Agnese schrijft een brief

Lang keek Agnese uit het raam naar de donkere nacht. Een licht gevoel, een bijna humoristisch gevoel van eigenwaarde nam hem op sleeptouw. Op de aanhef *Aan mijn voormalige secretaris en waarde vriend Deniak* viel niets af te dingen. Hij tuurde naar zijn tekst. *Ik zie uit naar de dag waarop mijn hofhouding haar opwachting komt maken in Neergoed. Bij het invallen van de duisternis zal ik het woord voeren. Ik zal hen op de hoogte stellen van...* Hoe kon hij de zin die hij zo roekeloos was begonnen tot een goed eind brengen zonder zichzelf in het nauw te drijven. Uur en inhoud van zijn voordracht tevoren vastleggen beviel hem niet. Hij overwoog de zin onaf te laten, verwierp die mogelijkheid als een te simpele bekentenis. Er verscheen een glimlach op zijn gezicht toen hij er *van mijn nalatigheden* aan toevoegde.

Nu Deniak een hofdag had belegd wilde Agnese zich niet onbetuigd laten. “Bij het invallen van de duisternis zal ik het woord voeren”, het stond er zwart op wit, maar wat kon hij prijsgeven zonder zijn eigen onderzoek schade te berokkenen. Ach wat, desnoods kon hij in een stroom van woorden alles te berde brengen wat hem van spreken afhield. Hij nam de pen weer op.

Weldra zullen de lange jassen, de donkere kostuums, de robes, de fluwelen broeken, de hoge hakken, de puntschoenen weer bijeen zijn. Na drie jaar! In een droom verscheen mij Albert Igenhof. De psychiater oefende zich in het maken van dierengeluiden in de overtuiging dat hij op die manier verdrongen gevoelens kon losmaken. Hij was begonnen met de huisdieren en had een klein repertoire opgebouwd; blaten, snateren, tokkelen en miauwen gingen hem goed af maar zijn integriteit verbood hem het blaffen.

Nu mijn halfbroer Victor Penkental weer komt opdagen breekt er een nieuwe periode aan. Ik heb mij voorgenomen Victor in aanraking te brengen met Elsa en Leon Koperding; Elsa zoekt een hoofdrolspeler voor 'De Fotograaf en de Jager'. Victor lijkt mij de aangewezen man (maar ik hoop niet dat hij in jagerskostuum verschijnt).

Agnese schreef een lange brief aan zijn voormalige secretaris teneinde de status quo vast te leggen aan de vooravond van het banket. Zijn vermoeden dat Rita de gelegenheid zou aangrijpen om tweedracht te zaaien kwam ter sprake. Haar cabaretvoorstelling zou een heel andere werkelijkheid in het leven roepen dan hem voor ogen stond. Om onenigheid te voorkomen verwees hij het cabaret naar de dependance, gegadigden voor Rita's vermaak dienden eigener beweging naar de voorstelling te gaan. Wat hemzelf betrof stond de samenkomst in het teken van de eisen die aan het koningsschap gesteld moesten worden, eisen waaraan hij zich niet wenste te onttrekken. Zijn gasten echter wilde hij niet op voorhand het vermaak van spot en persiflage ontzeggen. Dat Arthur Nimband zich bij Rita had aangesloten stelde hem gerust, Nimband kende hij als een betrouwbaar ambtenaar die tegenwicht kon bieden aan onbezonnen vulgariteit. De brief eindigde met de woorden *Bijna iedere bezigheid lijkt mij voorbarig. Telkens weer snak ik ernaar buiten te zijn. Geschreven in het holst van de nacht. ZKH. Agnese I.*

Hij trok in de hal zijn tuinlaarzen aan en verliet het terrein. De kleine deur in de grote poort piepte in zijn hengsels. In zijn kamerjas liep hij over het pad langs de tuinmuur van Neergoed naar de verharde weg die hij een paar honderd meter moest volgen. Waar een zijweg naar beneden ging, naar het dal van de rivier, stond de brievenbus. Hij zag een halve maan en veel sterren. Wittig licht daalde af in de nacht. Terwijl hij liep dacht hij aan de brief die Deniak hem gestuurd had, aan een passage die hem had aangesproken, 'Zijne Majesteit heeft niet tevergeefs zijn troon in de steek gelaten, welnu, laat hij dan ook ten overstaan van zijn intimi vertellen wat hij doet; wij willen horen wat hem bezighoudt.' Gezwicht voor Deniak, verzuchtte Agnese, zijn korzelige manier van doen wekt in mij het gevoel dat ik voort moet maken, mijn vriend Deniak, vermeende secretaris, als iemand om hem geeft, ik ook. Een na een liet hij zijn vertrouwelingen de revue passeren. Hij introduceerde hen in zijn vertrekken terwijl hij zelf ongezien bleef, Victor voorop, droeg hij een korte baard? Albert Igenhof, dik gezicht, grote handen, vlinderdas, brutaal als altijd. Rita van Sluiswijk, lang haar, pony en polshorloge, ouder en wijzer geworden, niet weg te slaan van de company, voortijdig aan het hof beland als stand-in voor Emilia. De komst van de dichters Renato en Wolfgang deed hem plezier en ook Kumula en zijn viool waren welkom. Elsa en Leon, het Belgische cineastenechtpaar, mocht hij tot zijn gasten rekenen, en vanzelfsprekend Eleonora, om Albert in het gareel te houden voor het geval hij teveel drank tot zich nam. Voorts kon hij de ambtenaren Van Schaveren, Tijdeveen, Nimband en hun dames verwachten, de sensuele Anette Nimband voorop, plus keurmeester Been. En Helevis, zijn vriend Helevis, naar hem zag hij uit.

Bij de splitsing gekomen liet Agnese zijn brief zonder aarzelen in de brievenbus vallen; hij had ingestemd met het voorstel van Deniak een banket aan te bieden aan zijn vroegere hofhouding en hij had toegezegd een voordracht te houden, die belofte wilde hij nakomen. Hij zou hen laten weten hoe het hem was vergaan sinds hij drie jaar geleden zijn troon in de steek had gelaten. Maar ook de periode daarvoor, zijn eigenwijs optreden dat tot abdicatie had geleid, mocht niet onbesproken blijven. De geschiedschrijving zou aan zijn lippen hangen. Overmorgen zou zijn brief aankomen op de plaats van bestemming. De afzender, A. Belting, een schuilnaam voor koning Agnese uit Akros, de hoogste stad van de lage landen.

Stroomopwaarts woonde hij, weg van de polders, van de rechtlijnige sloten, van de strakke fabrieksgebouwen en moderne nederzettingen in het vlakke land die als suprematistische schilderijen zich aftekenden achter het raam van zijn chevrolet als hij over de E-9 van de laaggelegen hoofdstad naar Akros reed, drie uur rijden. Akros lag hoog. Nog in hun laatste uitlopers hadden de Alpen de voorhistorische zeebodem naar boven gedrukt; de kalkrijke grond bevatte fossielen, schelpen, zee-egels en zeesterren, ja zelfs het gebeente van een reusachtige walvis was te voorschijn gekomen bij afgravingen door een cementfabriek die kraters in het landschap sloeg om de bouwmaterialen te delven waarmee in de hoofdstad aan de zompige bodem het hoofd moest worden geboden.

Niet graag legde Agnese de weg naar de hoofdstad af, niet graag liet hij zich door zijn chauffeur langs de witte lijnen, de duizenden verkeersborden, de duizenden automobielen voeren. Hij leverde zich niet nodeloos uit aan de onoplettendheid van al die bestuurders die in gedachten dwaalden en vergaten in de achteruitkijkspiegel te kijken. Als het aan hem lag zouden alleen beroepschauffeurs van auto's gebruik kunnen maken. Maar wie was hij, koning Agnese de Iste, een verlicht despoot was hij niet. Bij toeval aangespoeld op de kust van de levenden, in een dynastie van monarchen aan wie de macht in de loop der eeuwen ontfutseld was. De afbrokkeling van de macht was niet tegen hem gericht maar een gevolg van eeuwenlange ontwikkelingen. Het was bijvoorbeeld al meer dan 200 jaar geleden dat Franklin, samen met zijn zoon in de weilanden buiten Philadelphia tijdens een onweer een vlieger opliet om electriciteit in onweerswolken aan te tonen. Uit vrees dat de proef zou mislukken hield hij haar geheim. Was dat kinderspel? 100 jaar geleden was het Edison gelukt een gloeilamp op de markt te brengen en electriciteit aan de huizen van de bewoners af te leveren. De opmars van de electrische energie was begonnen en koningen waren overbodig geworden.

Hij keek naar de schaduw die aan zijn voeten lag; hij hield het maanlicht tegen, de donkere plek die voor hem uit over de grond schoof had zijn gedaante, tussen hem en de grond bleef donkerte bewaard. Hij bracht de zwarte gedaante in beweging door met zijn armen te zwaaien en groteske stappen te maken. Van de zwakverlichte bodem om hem heen kon hij niet uitmaken welk aandeel in de verlichting door de her en der verspreid staande straatlantaarns werd geleverd; voor straatlantaarns had hij nooit opdracht gegeven, hun aanwezigheid vloeide voort uit regels betreffende de veiligheid van de inwoners. Ook de sterren, door het heelal tuimelende hemellichamen, lieten een of ander morsig trilsel op de grond vallen. Zelfs het kleine zwarte plekje in zijn oog ving genoeg schittering om op de aanwezigheid van sterren daarginds in het zwerk zijn aandacht te vestigen. De sterren in zijn jas toonden onopvallender ingeweven motieven die meebewogen in de plooival terwijl hij liep. Langzaam liep Agnese, de nacht was zijn tempel, de hemel zijn plafond, langzaam, niemand wachtte hem op. Hij zag vertrouwde silhouetten in het glooiende land. Hij liep zonder vrees opgeschrikt te worden door de plotselinge dolkstoot van een groet of de priemende blik van getuigen. De nacht maakte hem los en lucide. Zijn jas was hem lief, hij hield de panden op om de wind er vat op te geven en al was het maar met een kracht van duizend gram van de grond getild te worden. Zijn jas bracht hem op de hoogte van zijn koningschap, zijn jas en zijn kroon lieten hem weten dat hij als koning Agnese de Iste in deze allerlaatste tijden..., ach wist hij maar wàt, wàt moest hij doen, wat moest er door hem gezegd worden?

Vlakbij hoorde hij een hond blaffen, woedend en rusteloos geblaf van een dier dat zou bijten en doden na jaren van eenzame opsluiting in een hok dat als uitkijkpost langs de weg lag. Een hond, een hond aan een riem in zijn hand, nee, door het gedoe van een hond in nieuwe bevindingen terechtkomen stond hem tegen. Hij wilde niet met een hondenneus mee over de grond snuffelen en al was een hond niet onderworpen aan het beleefd gebruik van kamers en spullen, als het moest kon ook hij..., maar ze zouden hem opsluiten omdat hij geen hond was, ze zouden hem aan banden leggen. Wat viel er nog te regeren? Maatregelen pakten heel anders uit dan ze bedoeld waren. Steeds werden treinen op een ander spoor gezet, stonden bestemmingen verkeerd aangeduid, was er iets niet in orde met de vertektijden, werden in het geheim wissels omgegooid. Op de perrons werden met een onbewogen stem vertragingen omgeroepen die reizigers twee jaar van hun leven kostten. Ontelbaar veel inwoners waren in verkeerde rijtuigen gestapt, in rijtuigen zonder wielen zelfs, en in treinen was er geduw en gedrang. Onverhoeds werden reizigers door opengedraaide ramen naar buiten gewerkt of opgesloten in goederenwagons, onderweg geslacht en verwerkt tot huidvet dat in driekleurendruk op wapperende advertenties te koop werd aangeboden. Aangeboden? Agnese drukte zijn nagels in zijn handpalmen, aangesmeerd werd het de inwoners, zij waren betaalplichtig. En bleef het maar bij huidvet, bij smeersels, smerige gassen.waren het, hij durfde deze lucht al bijna niet meer in te ademen. Bij tij en ontij hoorde hij gezoem en gekrijs, het vermalen van mergel, roterende ovens; fossiel gesteente werd geroosterd. Treurnis overviel hem, in de berm van de weg sloeg hij zijn armen om een dikke boom. Hij drukte zijn wang tegen de schors en fluisterde... al ben ik de laatste, al ben ik de laatste.

Een lege kar die de heuvel afrijdt, nagestaard door de man die had willen instappen, zo vlood de ontroering van hem weg. Hij probeerde vast te stellen wat hij bedoeld kon hebben met: al ben ik de laatste. De laatste dierenliefhebber die een tocht maakt door de velden en bossen, voorafgegaan door een fanfare om de dieren te waarschuwen dat hij eraan komt zodat zij op tijd kunnen vluchten.

Ongezien bereikte hij de poort van Neergoed. Dakkapellen, hardstenen raamlijsten, serre en bordes gaven het laat 19de-eeuwse woonhuis annex portierswoning een voornaam aanzien al werd het pand vanaf de weg door bomen en een tuinmuur grotendeels aan het zicht onttrokken. Hij ging naar binnen, in zijn domein leek de nacht donkerder, hij liep door de schaduw van het huis naar de voordeur. In de woonkamer stak hij een kaars aan, schaduwen waggelden over plafond en muren. Hij werd om zich heen of in zichzelf, dat wist hij niet, een vreemde aanwezigheid gewaar, een aanwezigheid die zich op de voorgrond drong; een welhaast vijandige stem, de snijdende stem van een vrouw, een vrouw die daar vroeger ook gezeten moest hebben, op dezelfde met trijp beklede canapé waar zij niet uit los had kunnen komen, terzijde van de schoorsteen, – let zij eigenlijk wel op hem –, stelde vragen. Haar vinger, een blazende vinger die de kaarsvlam deed walmen, tekende kringen in de lucht.

'Je hebt me geroepen jongen?'

'Ik wil niet aan je denken, laat me met rust.'

'Je bent nog wakker. Hoe komt het dat je niet gaat slapen, zoals de anderen. De uren van de nacht zijn kostbaar, je moet ervoor betalen...'

'Ja ja, ik weet het. Laat me met rust, ik heb de tijd nodig.'

'Ik ben de tijd, maar jij, jij kijkt liever op de klok.'

'Je weet dat ik schrijven moet.'

'Het is donker jongen, je bederft je ogen.'

'Zeur me niet aan mijn kop.'

'Schrijf over Edison als je schrijven moet.'

'Begin niet weer over Edison.'

'Niet die van de fonograaf, die van de gloeilamp. Het was niet verboden de gloeilamp toe te passen. Niemand had eraan gedacht het te verbieden... goed dat je het licht uitlaat jongen, een kaars is voldoende. Laat de nacht in het donker waaien, maar waarom ben je nog op? Geef antwoord. De satelliet, jongen, reken maar.'

'Moeder hou op.'

'Ik ben je moeder niet. Koningen hebben geen moeder.'

Het leek of zij per satelliet was teruggekeerd uit het rijk der herinnering. Wat moest hij aan met satellieten? Hij vergat al 's avonds de klok op te trekken (het gewicht geboeid aan een touw en veroordeeld de slinger van de klok aan de gang te houden zodat de tijd gemeten kan worden). Hij liep naar de staande klok in de hal en trok met veel geratel het gewicht omhoog.

Die aanval liet zij niet onbeantwoord; zij pakte haar gebit uit haar mond en lispelde met tandeloze lippen 'Bijten zal ik je,' veegde het gebit af aan de bekleding van de bank en hapte ernaar, de voortanden duwden de lippen naar buiten. Even leek het of zij op zou vliegen, haar neusvleugels trilden en haar dunne hand wierp een valschermgrote schaduw op de muur.

'Kon je niet goed slapen grootje? Lag je niet goed in je graf? Heeft de dood je weggestuurd? Neem een bos bloemen voor hem mee, hier deze asters zullen hem plezier doen. Ga nu, ik zal je uitzwaaien.'

Zij siste hem haar vuile taal toe. 'Lelijke arglistige zakkenkrabber, zoet is de dood, proef maar, proef, en dat je bestaat heb je aan mij te danken. Knikkeboller, hi, laat je staf eens zien, je winterkoninkje. Dichtertje, opgepast of daar gaat weer een satelliet de lucht in.' Haar stem beet in zijn lippen. Hij blies er koele lucht overheen, een geluid dat op suizen leek.

Feilloos liep hij tussen de meubels door; hij kende hun herkomst en de macht die zij over hem genomen hadden. Ging hij zitten dan pakten zijn handen vanzelf in een achterwaartse beweging naar de armleuningen van zijn stoel ter ondersteuning van zijn langzaam dalend zitvlak. Hij had thee gezet en tilde het porseleinen kopje naar zijn onderlip. In drie stappen stond hij bij het raam in de serre (als een paard dat uitbreekt). In zijn hart bruiste het verlangen naar een woeste omgeving... hij keek in de nacht, de nacht zonder mensen, de nacht van de wind in het woud, de nacht in het hol van de das, zeven uitgangen heeft het hol van de das... Hij trok zijn kamerjas uit en hing hem als een mantel over zijn schouders. Hij zag zichzelf staan en de woorden: het is beleefd om niets aan koning Agnese te vragen, het is beleefd om Agnese met rust te laten, speelden hem parten.

Naar buiten kijkend drong het tot hem door dat hij nooit meer een verbond met het struikgewas kon aangaan, men zou hem vangen en opsluiten. Hier in zijn eigen afdeling moest hij blijven, zijn huis was zijn inrichting, hij werd thuis verpleegd. Het werd tijd dat hij alles kapot sloeg.

Hij maande zichzelf tot kalmte: Majesteit, je bent niet alleen, Dinette houdt de kamers schoon en Anatole verzorgt de tuin. Laat hen vredig in het koetshuis wonen.

De ovale spiegel toonde hem zijn gezicht in een lijst van zwart en goud. Hij kamde zijn haar en deed het opnieuw in de war. Dat hij ongeschoren was viel hem op. Hij zag zijn ernstige grijze ogen en de huid er omheen die snel verkavelt als hij lacht. Hij opende zijn mond, bekeek het hoefijzer van zijn tanden. Zal hij te zijner tijd moed hebben om zonder kunstgebit, met een tandeloze mond te voorschijn te komen? Lang zou het niet meer duren. Zie: de koning weigert de gevolgen van het ongezonde leven te verdonkeremanen. Suikers en tabak hebben zijn mond leeggehaald, hij komt er openlijk voor uit. Het zal hem moed kosten de mummelmond te tonen aan het volk dat om leiding vraagt. Door met een mummelmond thee te drinken zou hij opzien baren terwijl de satelliet ongemerkt om de aarde cirkelde, ontsnapt uit het hoofd van de mensen.

Hij haalde een sigaret te voorschijn, een Pall Mall, ontstak een Italiaanse lucifer, en zoog de rook naar binnen. In zijn hoofd, nee, in zijn mond, maar zonder dat hij sprak, vormden zich de woorden: regeren is er niet meer bij, het gaat om de manier waarop je de rook uitblaast. Hij stapte langzaam en verend door de kamer, kwam weer tot stilstand: aan de gevolgen kent men de beslissingen. Nog een stap. In zijn arm voelde hij opnieuw de beweging waarmee hij de brief aan Deniak postte. Wellicht kon hij nog van tevoren met Deniak van gedachten wisselen..., in geen dagen had hij iets van zich laten horen. Vastbesloten het hof van zijn bevindingen op de hoogte te stellen blies hij de kaars uit. Hij praatte nog in zichzelf toen hij de trap opliep: ik hoef niet ten strijde te trekken. Laat ze maar komen. Hij liet zijn kamerjas van zijn schouders glijden en kroop onder het dekbed. Geleidelijk aan lukte het hem zich te ontspannen, zijn armen, zijn benen, ten laatste zijn lippen. Nog kwam de naam Edison in hem op, de practicus die door niemand werd tegengehouden.

2

De kamerjas krijgt een wasbeurt

Dinette had gezegd: Uw kamerjas moet nodig eens gewassen worden. De schoonmaakbeurt is hem lief. De wasmachine staat opgesteld in de oude badkamer. Door het openstaande raam ziet hij in de achtertuin de wilde koningskaars, de talmende pracht van bomen. Binnenvallend licht glanst op de mahoniehouten rugleuning van de stoel naast hem. De andere stoel is voor Dinette. In haar hand houdt zij een pak biologisch *All*; zij giet waspoeder in de zeepkamer van de machine. Op de grond tussen beide stoelen brengt de draagbare radio popmuziek ten gehore. Een lied over de wasmachine kent hij niet, het water spuit, de electrische motor dribbelt en ronkt. Zijn gedachten spreekt hij niet uit, Dinette zou erdoor in verlegenheid geraken. En dat gedachten hem bezighouden zint hem niet. Kon hij maar een kwartier lang zijn arm over haar schouder leggen, zijn koningschap vergeten en ontdaan van zijn mantel neerzitten als een tuinknecht op de bank bij de meid in een afgelegen vertrek. Zijn lippen tuiten zich naar een kus, uit zijn ooghoeken ziet hij van haar blozende wang de ruwe huid. Hij fluit, schriel en zonder toonvorming; een vogel is hij niet, zijn bek is niet hard genoeg. In de tuimelende blikken trommel ziet hij het spoelende water onstuimig als de branding van de zee natte doeken tegen het glas slaan. De blinde wasmachine maakt geen onderscheid, ieder plekje wordt behandeld alsof daar het meeste vuil zit. Hij morst thee en jam, hij veegt zijn vingers af nadat hij een sigaret heeft uitgedrukt, hij leunt tegen een boom die groen afgeeft: eretekens zijn het die de gebeurtenissen op zijn jas achterlaten. In oprechte trouw heeft hij de versierselen gedragen, maar nu doet hij er afstand van. Droefgeestig staart hij naar het glazen venster dat als een ouderwetse televisie een schoonmaakprogramma uitzendt. Ontroerd raakt hij om de energieke manier waarop zijn jas wordt aangepakt, heel anders dan hij hem draagt. In de zwetende badkamer rookt hij zijn eerste sigaret die dag. Armzalig zit hij neer op de stoel naast Dinette. Weer vraagt hij zich af waarom hij het vuil op zijn mantel niet laat zitten. Waarom volgt hij blindelings de gewoontes van de inwoners en schaamt hij zich voor vlekken? De grasvlekken zouden hem sieren en ook de pluizen en bolletjes van de wikke en de hondstong die aan het weefsel blijven hangen hoeft hij niet te verwijderen, en ook niet de vlekken van wijn of koffie, van verkoold hout, van modder aan de zoom van zijn mantel. Hij vindt het al jammer dat hij de kamerjas aan Dinette heeft gegeven, ...maar het huidvet, het huidvet moet hij laten uitwassen, hij wil geen ongedierte op zijn lijf. Ach wat..., 'Luister Dini, ik zal je een verhaal vertellen. Er was eens een koning die zich niet langer geroepen voelde om het land te regeren. Niet omdat de krachten hem ontbraken, hij was sterk en levenslustig, de oorzaak lag dieper. Luister je?'

'Ja, ik luister.'

'Laat me de radio wat zachter zetten... In een opstandige bui had de koning bekendgemaakt dat van alle besluiten die hij nemen kan nooit van tevoren bekend is wat zij teweegbrengen. Besluiten leidden vaak tot niet bedoelde veranderingen, gevolgen van maatregelen waren niet te overzien, ongewenste resultaten dienden zich aan. Wat viel er nog te regeren? Droefheid overmande hem om de onbezonnen voortvarendheid waarmee de inwoners het land instandhielden en aan hun toekomst bouwden. Zelfs met honderdduizend ambtenaren lukte het hem niet de ontwikkelingen in goede banen te leiden. Hij riep uit dat hij zich machteloos voelde. Tijdens zijn wandelingen liep hij in zichzelf te praten om te achterhalen wat er nog te zeggen viel. Hij weigerde om aardig te zijn tegen de mensen, het liefst was hij alleen. Of hij zich in die uren van alleenzijn ontstemd of juist blij van zinnen voelde wist hij zelf niet. Soms was hij blij dat hij niet zijn toevlucht nam tot luchthartig vermaak maar zich de moeite getroostte rond te kijken in zijn land om met eigen ogen te zien wat er tijdens zijn ambtsperiode van het land terechtkwam. Kortom, hij was de wanhoop nabij. Maar toch, een enkele keer ervoer hij in de afzondering die hij zichzelf gunde een geluksgevoel dat hem tot tranen toe kon ontroeren. Misschien kwam het voort uit de aanblik van een appelboom waaraan appels rijpten of uit een bijzondere lichtval op de buitenmuren van een huis. Op zulke ogenblikken vergat hij zijn koningschap.

Men liet een dokter komen, maar hij wilde niet getroost worden. Zijn machteloosheid leverde hem een nieuwe grondslag voor zijn doen en laten.'

Agnese keek naar het slokkerig gedoe van de wasmachine die plotseling in beweging kwam.

'Is het verhaal nu uit?' hoorde hij Dinette zeggen.

'Nog niet. Zet eerst de machine uit dan laat ik je horen hoe het verder gaat.'

Een druk op de knop was voldoende.

Agnese ging staan en wreef met beide handen langs zijn wangen. Even sperde hij zijn ogen open. Zo in zijn lange onderbroek, zijn borstrok en loshangend zijden overhemd leek hij wel een clown. Met de vraag 'Weet je wat die koning zei,' hervatte hij zijn verhaal.

'Die koning zei dat er een grondslag moest zijn voor het handelen, een opvatting over de natuur, over de samenhang van de bodem en de lucht, van planten en dieren, mensen en dingen en wat er verder nog is in het heelal, die door iedereen gerespecteerd moet worden op straffe van vrijheidsberoving, maar dat hij geen kans zag zo'n grondslag in te voeren: de inwoners hielden zich Oostindisch doof. Weet je wat dat is, Oostindisch doof? De schijn aannemen dat je niet hoort dat je geroepen wordt, of aangesproken, dat je niet hoort dat er een verzoek naar je uitgaat. Ik krijg koude voeten.'

Hij liep naar de bijkeuken om zijn tuinlaarzen aan te trekken en nam zich voor het gesprek wat luchtiger te houden. Dinette zou het druk hebben, zij moest van alles in gereedheid brengen voor de ontvangst van zaterdag, overmorgen was het zover. Hij stampte met zijn laarzen op de grond tot ze goed aan zijn voeten zaten en ging terug naar de hal. Dinette trok juist de deur van de oude badkamer achter zich dicht in de hoop dat de geluiden van de wasmachine Zijne Majesteit niet zouden hinderen. Langs zijn neus weg zei hij:

'Zie je verlangend uit naar zaterdag? Je zult het druk hebben met de voorbereidingen neem ik aan.'

Dinette bleef staan, vouwde haar handen samen en antwoordde terwijl zij Agnese aankeek, 'Wij vinden het een eer, majesteit, dat u de voorbereidingen van de reünie aan ons toevertrouwt. Anatole en ik vinden het een eer dat wij uw gasten mogen bedienen. Wij weten niet waaraan wij dat voorrecht te danken hebben. Mijnheer Deniak heeft ons een lijst gegeven waarop staat wat er moet gebeuren. Nu komen tenminste de borden weer eens uit de kast.'

Agnese lachte. 'Ik geloof dat je het leuk vindt dat je de handen eens een keer uit de mouwen kunt steken.' Haar taalgebruik beviel hem, zij wist de weg in zinsconstructies en ook al zou ze niet begrijpen wat hij met machteloosheid bedoeld kon hebben, zij maakte gebruik van woorden als *tenminste* en *waarop*. Een lijst waarop staat wat er moet gebeuren, leek hem taalkundig helemaal in orde. Hij begreep dat hij zich nergens druk over hoefde te maken, Anatole en Dinette wisten wat hen te doen stond. Hoe kwam het toch dat hij steeds de neiging had haar te onderschatten? Soms bracht de kinderlijke opgetogenheid waarmee zij sprak hem in de war. Tot zijn verbazing zei ze, 'Wat u verteld hebt, dat er in de natuur, en dus ook in de natuur van de mens, een grondslag te vinden moet zijn voor het doen en laten van de mensen heb ik wel vaker gehoord.'

'Dan heb ik het niet mooi verteld,' antwoordde Agnese verontschuldigend. Hij zag Dinette blozen.

'Zo heb ik het niet bedoeld majesteit. Ik wilde zeggen dat ik gisteravond naar een natuurfilm heb gekeken op de televisie. Zij kunnen zo mooi de natuur laten zien, de vogels, de nesten van heel dichtbij, je begrijpt gewoon niet hoe het kan. Daar moeten ze veel geduld voor hebben. En alles in kleur, tot in de donkerste holen, te mooi om waar te zijn.'

'Je kijkt graag is het niet?'

'Jawel majesteit. Ik kijk graag naar films over de natuur en over landen waar ik nooit kom en waar ik niks vanaf weet. En ik kijk ook graag naar films waarin dieren met elkaar praten en hele gesprekken voeren. Je vergeet gewoon dat het niet kan.'

'En vind je het ook leuk dat er keer op keer een man of een vrouw op de beeldbuis verschijnt die "Goedenavond" zegt. Goedenavond dames en heren, de dames voorop uit beleefdheid. Alle mensen zijn plotseling dames en heren, ... de jongens, de meisjes, de vreemdelingen, de soldaten, de bejaarden, de toneelspelers, de bedriegers ...Iedere eenling die zit te kijken wordt aangesproken met dames en heren. Thuis, in de kamer. In zijn eigen kamer. Een land vol dames en heren, waar moet dat heen. Ja, lach er maar mee!'

'Kan ik weer aan het werk gaan majesteit?'

'Ja Dinette, natuurlijk.'

Die middag zag Agnese zijn kamerjas aan de waslijn hangen en zacht schommelen. Zelf schommelde hij mee, hij lag in de serre op de bank en wiegde het wantrouwen dat al vanaf zijn kinderjaren onopvallend in hem leefde en niet vervluchtigd was zoals zijn moeder hem beloofd had maar groter was geworden. Hij droomde weg. In zijn verbeelding kwamen onherkenbaar vermomd personages te voorschijn, een leeuw met een mensengezicht die achteloos voorbijliep, zich plotseling omdraaide en met stenen begon te gooien. De stenen suisden voorbij. Dekking zoekend liet hij zich op de grond vallen. Al werd hij niet geraakt, toch hield hij zijn hand op de plek waar een steen hem had kunnen treffen. De leeuw verdween in de verte en liet hem achter met een gevoel belaagd te zijn. Het hielp hem niet als hij zijn ogen sloot om niet te kijken. Hoe kon hij zijn wantrouwen overwinnen, hoe kon hij zich teruggeven aan de wereld zonder dood te gaan. Kon hij de inwoners maar herkennen als bloei van het land zoals bomen bloesems en vruchten dragen. Zich teruggeven aan de wereld zonder argwaan..., hij was zonder argwaan gekomen en graag zou hij zonder argwaan weer vertrekken. Hij hoefde toch niet de stoel te dragen waar hij op zat.

Hij kwam overeind, trok zijn tuinlaarzen weer aan en besloot zijn tijd te gebruiken om zijn plakboek bij te werken. Lucifermerken en lucifersdoosjes zijn hem door vrienden uit heel de wereld toegestuurd. Van de lege doosjes bekijkt hij de afstrijkstrepen op de gefosforiseerde zijkanten. Veel doosjes zijn nog nieuw en onaangetast, die zijn hem het liefst; klaarliggende vuurdragers die hij niet hoeft aan te steken. Hij liep de voortuin in, langs de stokrozen, keek naar de bloeiende salie, naar groentebedden, naar het woekerend augurkenblad dat zich over de aardbeienplanten slingerde. Onder twee pruimenboompjes lagen rotte vruchten waar wespen zich te goed aan deden. Het gaf hem een apart gevoel in zijn lange onderbroek rond te lopen in de tuin terwijl zijn kamerjas te drogen hing aan de lijn. Het kwam ook door de laarzen. Zijn schreden voerden hem naar de dependance, naast de paardenstal. Hij zag dat Anatole een nieuwe greep op de deur had gezet. Hij duwde. Aan de binnenkant hing aan een koord dat over een katrol liep een tegenwicht, een conservenblik gevuld met zand. Hij ging binnen. Door het glas in de tuimelramen viel een grijs licht dat uitdoofde in de hoeken en verdween tussen opgestapelde balken, tussen stoelpoten onder een lange tafel. Hij zag blokken stro onder een dekzeil, een groot Perzisch tapijt bedekte de betonnen vloer, alles zag er schoon en verzorgd uit. Achter het buffet hing aan een balk het paardentuig. In een kleine ijskast vond hij bier, witte wijn en jenever. Hij schonk jenever in en nam plaats in de bureaustoel achter het buffet. Hij luisterde naar verre geluiden. Knevel stond niet op stal. Hoe lang had het paard nog te leven? Hij stelde zich voor dat hij in deze dependance aan de lange tafel zat. Zijn armen rustten op het groene tafelkleed. Hijzelf, Anatole, Helevis en Albert Igenhof zaten bijeen. Tussen hen in stond een fles jenever en een mandje broodjes. De bijeenkomst vond plaats vanwege de begrafenis van het paard. Zij spraken over hun band met het gestorven dier. Albert had verplichtingen aan Knevel, hij hield van paardrijden, hij mocht op de ter aarde bestelling van Knevel geen verstek laten gaan, al was het maar om Anatole niet voor het hoofd te stoten. Het was een idee van Albert geweest om in Neergoed een paard te stallen. De stallen moesten gebruikt worden. Zijne Majesteit moest er levende wezens aantreffen. Zijne Majesteit had echter geen hand naar het paard uitgestoken. Knevel werd verzorgd door zijn goede knecht. Dr. Albert Igenhof hield ervan om op Knevel te rijden. Hij wist paden langs de rivier waar niemand kwam. En ook Helevis ging altijd wel een keer in de stallen kijken als hij Neergoed bezocht. Zelf kwam hij er liever als het paard in de wei stond. De lege stal beviel hem het beste. Het was de vraag of Knevel een natuurlijke dood beschoren zou zijn. De laatste uren van een paard drongen zich aan Agnese op, het beest was al door zijn knieën gezakt en lag op zijn zij in het stro. Het kon niet meer op eigen kracht naar het slachthuis. De dierenarts was kwaad dat hij het zover had laten komen en verloste Knevel met een injectie uit zijn lijden. Of Zijne Majesteit niet wist dat een dier nodeloos lijden moet doorstaan als het in gevangenschap zijn eigen dood niet kan vinden. Hij wist er niets op terug te zeggen. De oude dag van een paard schemerde hem voor ogen: zonder eetlust staren naar de voerbak, de kop opgooien, de nek schuren tegen een balk, stampen, rillen met de huid om de vliegen weg te jagen, zwiepen met de staart, de bekende geluiden, buiten kwelen de vogels, de dagen verstrijken.

Agnese vulde zijn glas bij. Kon hij zijn paard een rustige levensavond bezorgen? Met wie had hij eigenlijk te doen? Een groot manlijk dier van minstens driehonderd kilo, een zaden- en planteneter, een rijdier dat een bit in de bek kreeg; eeuwenlang een trekker van karren en koetsen, een gedomesticeerde nazaat. Hij dacht aan paardenleer en begreep dat de huid van een paard niet klakkeloos weggegooid mocht worden, maar wellicht leverde een jonge huid een betere grondstof voor de leerlooierijen dan een oude huid. Hij stelde zich de begrafenis van Knevel voor. Met een lier werd het dode paard op een platte wagen getrokken. Het lichaam werd afgedekt met een vlag. Een traktor bracht de platte wagen naar de plaats van bestemming. Aan touwen die om de poten gebonden waren werd het dier neergelaten in een grote kuil. Anatole had een schop meegenomen. Ombeurten gooiden Helevis, Igenhof, Anatole en hijzelf zand in de kuil. Agnese voelde aan het bruine tuigleer dat in stijve lussen achter hem aan de muur hing. Hij waande zich de directeur van een inrichting die plaatsgenomen had in een bureaustoel achter het buffet in de recreatiezaal van de patiënten en hen daar te woord stond terwijl hij zich te goed deed aan een glas jenever. Hij moest lachen om het blik vol metselzand dat omhoogkwam toen hij de deur naar de tuin opentrok.

De lucht voelde warm aan. In de verste uithoek van de voortuin keek hij vanaf een ommuurd platform uit over het dal. Stroomafwaarts lag de stad. De blinkende baan van de rivier schoof tussen de huizen alsof er geen kwaad bestond. Hoe zou hij kunnen leven zonder Akros. Hij zag fabrieken, kerktorens en hoogbouw, woonblokken vol inwoners terwijl de kerkgebouwen lege ruimtes omsloten, bestemd voor de eredienst. Staande voor de bakstenen muur die in de avondzon een rode gloed kreeg hield ook hij zich bezig met eredienst. Maar eredienst was het woord niet. Hij voelde wind in zijn hals, bladeren ritselden. Een jongen uit de buurt reed op een brommer langs de tuinmuur, draaide om en reed weer terug. Het geluid maakte een oud verlangen in hem wakker, een onbestemd verlangen, het had met orde te maken, met jeugd, een dagindeling en een tutor die hem aan het werk zette toen hij veertien jaar was. Na uren boven zijn studieboeken gehangen te hebben reed hij op een brommer langs de rivier. Nooit had het spitse gezicht van zijn tutor enige aantrekkingskracht op hem uitgeoefend maar door huisleraar te zijn had de man de valstrikken van het openbare leven vermeden terwijl hij zijn leerling had aangespoord thuis te geraken in de problemen van het land. De lessen hadden niet geholpen. Hij was niet in staat de gevolgen van nieuwe technische vindingen in banen te leiden. De vrije handel bleek oppermachtig, gesteund als ze werd in het contract door de nauwkeurige taal van de rechtspraak en in de verkoop door de leugentaal van de reclame. Laat, te laat had hij zich teruggetrokken uit het netwerk van besprekingen.

Agnese keerde het uitzicht de rug toe, ging de schuur naast de dependance binnen en klom op een wankele ladder. Door een luik dat piepend openging kwam hij op de hooizolder boven de paardenstal. Hij ging voorzichtig te werk om geen stof op te jagen. Onder het dakraam vond hij een geschikte ligplaats in het stro. Hier zou niemand hem vinden. Zijn vingertoppen gleden langs geribbelde stengels en lege halmen. Met twee handen tegelijk betastte hij het brailleschrift van de gedroogde planten.

De avond bracht hij door bij de televisie. Het ene na het andere seinsel gloeide op in zijn privé-vertrekken. Hij reisde langs de kanalen. De aankondiging van het nieuws verdreef hem uit zijn stoel, om afstand te nemen van het hoofd van de presentator dat weldra het beeldscherm zou vullen. Hij nam zijn T.V.cahier uit de kast en noteerde: De presentator moet van het scherm af. "Goedenavond" vindt geen weerklank. Waar zijn de dames en heren? Aha, het massamedium sticht saamhorigheid. Aan het nieuws ontleent de T.V. zijn gezag. Maar kijk, de presentator leest voor terwijl het lijkt alsof hij zelf praat. Ik denk aan zijn leespaneel en hoor niet wat hij zegt.

Hij bladerde terug in zijn notities, las: Je weet nooit hoe lang het beeld duurt. Je mag er niet zo lang naar kijken als je wilt, een volgend beeld springt te voorschijn op dezelfde plaats. Je weet niet wat het volgend beeld zal bevatten, of het nog aansluit. De dwingelandij van de close-up. Je moet bliksemsnel het gezichtspunt aanvaarden dat de camera inneemt. Je hebt niet om die standpunten gevraagd. Er wordt met je gesold. Omdat de cameratechniek het mogelijk maakt.

3

Een bedelaar houdt een toespraak

Op tafel lag onaangeroerd de ochtendpost. Wel twintig keer hadden Dinette en haar man aan elkaar gevraagd wat er met Agnese aan de hand kon zijn. Het was tegen zijn gewoonte weg te gaan zonder een bericht achter te laten. De voorbereidingen voor de ontvangst waren getroffen; belegde broodjes, koffie, gebak, drank en glazen stonden klaar op de dientafel.

'Wat doen we als Zijne Majesteit niet komt opdagen?' Het was Anatole die de vraag stelde.

'Maak je niet ongerust, hij komt zeker.' Maar zeker was ze er niet van.

'Hij moet iets tegen je gezegd hebben toen je zijn kamerjas...'

'Nee, echt niet.' Ze lachte even.

'Misschien ben je het vergeten.'

'De wasmachine ronkte en ik voelde me raar, ik dacht de hele tijd waarom vertelt hij dat nu tegen mij, waarom tegen mij?'

'Maar wát vertelde hij tegen jou?'

'Ik weet het niet meer. Ik kan het niet onthouden. Woorden, een heleboel woorden. Het was vreemd zoals hij daar stond, in de lange jaeger onderbroek die hij onder zijn kamerjas droeg. Hij had zijn kamerjas zo van zijn schouders laten glijden.'

'En verder?'

'Hij zei dat er niks meer te regeren viel.'

'Dat weet ik al.'

'Ik ben het vergeten... Hij zei dat de wasmachine op een televisie leek. We hadden het over televisie en ik zei dat wij graag keken, maar hij keek niet graag omdat ze op de televisie telkens goedenavond dames en heren zeggen.'

Anatole ontkurkte een paar flessen witte wijn. De opklinkende plopgeluiden maakten hem zenuwachtig. Moest hij voor gastheer spelen dan zou hij iedereen binnenlaten en zorgen dat niemand iets tekortkwam.

Tegen het middaguur reed de eerste wagen voor. De bel klonk schril. Anatole en Dinette keken elkaar lacherig aan; dat Agnese zich aan de ontvangst zou onttrekken hadden ze niet verwacht. 'Laat de gasten maar denken dat het zo hoort,' zei Dinette vastberaden. Twee mannen dienden zich aan, een dikke en een jongensachtig type. De dikke had ze al eens eerder gezien, de andere hield een stijf zwart koffertje in de hand. Ze heette hen welkom, zei dat ze het deurtje in de poort beter open konden laten staan en ging hen voor het bordes op. De jonge man bewonderde het landschap, de uitzonderlijke ligging van Neergoed langs de rivier en het mooie weer. Het deed hen genoegen dat zij de eerste gasten waren, waarop de dikke man stelde dat hij trek had in een kop koffie. Ze liet hen binnen, schonk koffie in en liet hen rondkijken. Twee mannen en twee vrouwen die ze niet kende kwamen eigener beweging het bordes op. Anatole nam de jassen aan die zij over de arm hielden. Men schudde handen en noemde namen. De man met het koffertje pakte zijn muziekinstrument uit om alvast een paar klanken te proberen. De een na de ander diende zich aan. Toen Dinette de secretaris en huisvriend meester Deniak ontwaarde liep ze niet naar hem toe om te zeggen wat haar in de mond lag: Zijne Majesteit is weg. Sinds gisterenavond hebben we hem niet meer gezien. Zijn bed is onbeslapen. Ze wachtte af. Aan de dientafel gekomen begroette meester Deniak haar opgewekt. Ze vernam dat om vijf uur de maaltijd werd gebracht vanuit hotel restaurant De Zilveren Knop en dat de kok, die nog in de paleiskeuken had gewerkt, het op prijs stelde zelf de afwerking van de gerechten te verzorgen. Ook dr. Igenhof knikte haar vriendelijk toe terwijl hij zich bediende van suiker en melk. Zijn vraag naar de gastheer beantwoordde ze met een licht schouderophalen en een vragend gezicht. Dinette bleef aan de dientafel staan kijken of alles naar wens verliep. Het grote gezicht van meester Deniak vertoonde geen tekenen van onrust. Ze zag de haakneus en het naar achter golvend donkerblond haar. Hij was in gesprek met de dokter en diens vrouw. Mevrouw Igenhof, in het zwart, stroken en glinsters op de bef van haar witte blouse, kwam op haar toe. 'Ik heb de gastheer nog niet gezien, waar is hij? Is er iets, kan ik ergens mee helpen?'

Het gezelschap groeide. Ze zag coryfeeën die het middelpunt vormden van een kring. Sommigen waren opgetogen iemand te ontmoeten die nooit eerder hun pad had gekruist. Ze wist zeker dat Agnese zou komen. 'Nieuwe stijl,' flitste het door haar heen.

'Waar is Zijne Majesteit?' Ze had opgevangen dat de man in de ribfluwelen broek die de vraag stelde Leon Koperding heette. Hij was van plan ter opening van de reünie een korte film te vertonen op de beeldbuis. Dat Zijne Majesteit er nog niet was hoefde geen bezwaar te zijn, integendeel. 'Wat denkt u ervan mevrouw, zal hij nog lang op zich laten wachten?'

'Ik weet niet waar hij is maar ik denk dat hij zo komt,' antwoordde Dinette.

Twee Duitse dichters maakten zich vrolijk in Doppelchor. De dikke man had zijn vioolkist gehaald en streek de strijkstok in met hars. De dichters snoten in een duet hun neuzen en oogstten bijval. De Belgische cineast stak een grote sigaar op. Een vrouw op zwarte indoorschoenen, Rita van Sluiswijk, ze had die naam wel drie keer gehoord, trok de aandacht met twee centimeter lange wimpers die over haar ogen huifden, omlijst door een donkerblonde pony en steil haar. Iedereen keerde zich naar het televisietoestel dat op de tafel in de serre stond. Vanaf haar plaats kon ze niet veel zien. Ze telde twintig mensen, zichzelf inbegrepen. Waar was Anatole? Met een dienblad haalde ze her en der verspreid staand serviesgoed op. Haar ogen kleefden aan het opflikkerend scherm. Ze zag kleur. Uit de lichtbanden kwam het beeld van Agnese te voorschijn. Hij zat temidden van zijn verzameling luciferdoosjes. Een na een kwamen de lucifermerken groot in het beeld. De stem van Zijne Koninklijke Hoogheid gaf een toelichting op de uitvinding van de gloeilamp. Ze zag portretten van Edison als lucifermerk en daar was Zijne Koninklijke Hoogheid op een luciferdoos, een geluksgevoel doorstroomde haar, het portret begon te praten en vroeg de aanwezigen zich in gereedheid te brengen voor de ontvangst van de koning, de vuurdrager in deze zo kille, onachtzame en verwarrende tijd waarin zoveel vuur is maar weinig warmte.

Het hof raakte in een opgewonden stemming toen Leon Koperding haastig een stap opzij moest doen om niet geraakt te worden door een openzwaaiende deur en een bedelaar – nog net op tijd, nog net op tijd – mompelend zich naar binnen haastte. Hij droeg een jute zak op zijn rug en liep zonder op of om te kijken naar de lage tafel bij de schoorsteen, schoof met een breed gebaar taart, koppen en schotels opzij en klom op het tafelblad. De windsels aan zijn voeten raakten los. Zijn oude bruine hoed en kantonniersjas zaten vol hooi. Met een breed gebaar tilde hij de hoed van zijn hoofd, pakte hem over in de hand waarmee hij de zak op zijn rug hield; hij trok zijn pruik af, maakte zijn baard los en ontdeed zich van zijn jas. Zo in zijn ondergoed... Dinette zag Anatole in de deuropening wenken. Op haar tenen lopend verliet zij het vertrek. Dat Agnese zich zo durfde te vertonen! Zij had toch zijn smoking in orde gemaakt.

Agnese schraapte zijn keel. Hij zette de jute zak op het tafelblad tussen zijn voeten, keek naar de windsels en legde de jas over zijn andere arm. 'De televisie kan uit,' was het eerste wat hij zei.

'Op deze smartelijke dag,waarop wat in jaren verworven is te grabbel wordt gegooid, hebben mijn vrienden niet geschroomd hun schreden naar Neergoed te richten. De niet genoeg te waarderen voorzienigheid van mijn vermeende secretaris en vriend Deniak heeft geleid tot wat ik "het banket" noem, "de dag van het banket". Ik heb mijn secretaris in een brief geschreven hoe ik mij op dit banket heb voorbereid. Wat mij betreft kan hij de brief ter inzage leggen in de bibliotheek.' Rustiger, alsof hij een psalm reciteerde, liet hij erop volgen, 'Ik bracht de nacht door in de stallen. Ik hield me op in de velden en troonde op een omgevallen boomstam.'

Met zijn vrije hand plukte hij hooi van zijn mouwen. Hij rook aan zijn hoed waarin hij zijn baard en pruik had opgeborgen. Hij voelde in de jaszakken, keek in de binnenzak, zei tegen niemand in het bijzonder, 'Deze kantonniersjas doet mij geen recht. Sloten openhouden zodat het overtollig water weg kan stromen is niet de opzet van mijn bezigheden. Ik vroeg mij af in welke kleding ik hier kon verschijnen opdat u zoudt zien wat mij bezielt. Onstuitbaar drong zich het beeld van een zwerver op. Een zwerver laat zich niet wegjagen. En ik kan U verzekeren dat ik mijn dracht uit tegemoetkomendheid heb aangetrokken.

Kan een zwerver verdwalen? Als iemand van U weet wat een zwerver aantreft op zijn weg, dat hij mij niet in onwetendheid late.

Deze jas heb ik gekregen van een kantonnier bij de waterstaat die ik had aangesproken op een van mijn omzwervingen, beroepskleding, bestand tegen weer en wind.' Agnese bukte zich, trok zijn met gele sterren bezaaide kamerjas uit de jute zak, in ruil voor het waterstaatblauw, en drapeerde het kledingstuk over zijn schouders. Met een hand op zijn borst reciteerde hij, 'Door mijn leven op te eisen ontbrak ik op de plaats die mij was toegewezen; een vroege dood is er niet voor nodig.' Gesnotter en gesnuit van de Duitse dichters, een welkom intermezzo. Agnese kreeg de allure van een redenaar. 'Niet voor niets heb ik mij omgeven met denkers en dichters, met schilders, muzikanten, toneelspelers en tuinlieden van beiderlei kunne, zeg mij, iedere inwoner verandert honderd keer per dag van bezigheden, zo ook u, wat zet u daartoe aan? Is er welwillendheid in het geding of onbedwingbare lust? Ik vraag het mij af. Ongetwijfeld hoort u dat ik de gewoonte heb aangenomen in mijzelf te spreken. Ik ken het verschijnsel dat halve zinnen en losse woorden opduiken zonder door de intentie tot spreken in de zinsbouw te worden opgenomen maar al te goed. Uit het geknoei komt een sliert woorden te voorschijn, een taalzin die weer andere brokstukken en zinnen wekt om aan betekenis te komen en intussen nog van gedaante verandert. De referent wordt geboren in de uitspraak, het gevaar dreigt dat hij een eigen leven gaat leiden. Houdt me ten goede dat ik vooruitloop op wat ik achterhoud.' Hij tilde de jute zak omhoog en toonde hem naar alle kanten. 'In deze graanzak bewaar ik mijn kroon. Wees niet bang dat ik hem opzet op een verborgen plaats in het bos. Wees niet bang dat ik hem draag als ik op mijn brommer in de avondschemering door de velden rijd. Nee, niet te paard. Roep Anatole.'

Anatole verscheen in de deuropening. Alle ogen waren op hem gericht. Hij zag er verzorgd uit; zijn donkerblauw katoenen jasje en zwarte broek gaven hem aanzien. In zijn borstzak prijkte een wit pochet.

'Anatole, het is me een genoegen je in aanwezigheid van het hof de nieuwe titel toe te voegen van Heer van Knevel. Ga naar Knevel toe en zeg hem dat je zijn nieuwe baas bent.'

'Zoals u wilt majesteit.' Anatole maakte een diepe buiging, vouwde zijn handen samen in een dankgebaar en verdween.

'Albert, ik weet dat ook jij graag over het paard zou beschikken. Maakt het voor jou wat uit aan wie een paard toebehoort zolang het in dezelfde stal blijft?

Wees allen welkom. Vindt uw eigen plek. Beklaag u niet als de koning u voorbijloopt. Verheug u dat hij sterk genoeg is om op eigen benen te staan. De aparte nood die ik om mij heen geschapen heb drijft mij voort in de gekozen richting.' Hij stapte van de tafel, stak zijn armen in de mouwen van zijn kamerjas en zei tegen Helevis die hem een helpende hand toestak, 'Je had me gerust mogen opzoeken, al was het maar om een bericht uit de krant voor te lezen. Ik had graag je stem nog eens gehoord. Dames en heren, het is nu pauze. Het is de bedoeling dat u nu pauzeert. U kunt doen wat u wilt.'

Er klonk een zwak applaus en een 'goed gesproken Majesteit' uit de mond van Deniak. De gasten schoolden samen bij de dientafel om een glas witte wijn te bemachtigen.

In zichzelf gekeerd liep Agnese door het vertrek. Hij gaf niemand een hand. Zijn hofhouding hief het glas om hem toe te drinken. Hoog boven het geroezemoes en opklinkende kreten als 'op Zijne Majesteit', 'op het weerzien' en 'op de onbedwingbare lust' snaterde de klarinet van Steven Schans.

Elsa en Leon Koperding namen complimenten in ontvangst voor het beeldverhaal. Dr. Igenhof vertelde Elsa over de onrust in het land toen de lucifer gemeengoed werd. Met de massaproductie van lucifers nam de vrees voor brandstichting toe. Later bleek die vrees ongegrond te zijn. Agnese hoorde Leon antwoorden 'Ja ja, dat kan, maar toch moet men lucifers buiten het bereik van kinderen houden. Wat weten wij ervan wat er is misgegaan met lucifers. U zult toch begrepen hebben dat de film niet gaat over de geschiedenis van de lucifer, de film gaat over een man die luciferdoosjes verzamelt maar het hadden ook sleutels kunnen zijn.' De noodzaak om te praten kwam Agnese zo onverbiddelijk voor dat hij er niet aan wilde toegeven.

Zijn gezicht hield lang eenzelfde vreemde uitdrukking van verbazing. Sprak iemand tegen hem dan luisterde hij met afgewende blik, een oor vlakbij de mond van de spreker alsof hij last had van doofheid. Door kleine hoofdbewegingen te maken voorkwam hij dat zijn blik op iets of iemand bleef rusten. Tegen Deniak zei hij dat de buitenwereld die zo gul en overvloedig was binnengedrongen in zijn domein de onweerstaanbare lust in hem opriep om in te breken.

Alette Nimband overhandigde hem een mandje kastanjes. 'Om te poffen in de open haard,' zei ze erbij. 'Dat had je niet moeten doen Alette.' 'Juist daarom Majesteit, omdat het niet moet.'

Albert Igenhof stelde dat Eleonora en hij zich erop verheugden deze dag in koninklijk gezelschap te kunnen doorbrengen. Zo'n open dag leek hem van belang. 'Blijkbaar is hij niet de enige die er zo over denkt,' vulde Eleonora aan. Zij maakte een breed gebaar naar het goed verzorgde gezelschap. 'Ook ik ben blij iedereen weer eens te ontmoeten. Werkelijk een goed idee om al direct aan het begin een pauze in te lassen.'

Agnese wilde naar buiten. Hij zag Helevis het vertrek uitgaan en sloot zich bij hem aan. Rita hield hem staande maar hij liep langs haar heen. Terwijl hij het dampende gezelschap achter zich liet zei hij in zichzelf, 'Zij heeft gymnastiekschoenen aan.'

In de loop van de middag wandelde hij alleen en in gezelschap in de tuin. Hij aanhoorde zijn gasten en terwijl hij tegen hen sprak bereidde hij zich voor op de avond. Hij oefende zijn eigen verhalen om ze ten overstaan van allen te kunnen vertellen.

4

Emilia's klacht

Staande aan de tuinmuur nam Agnese de laatste gebeurtenissen door; zijn entree als zwerver, zijn overdreven toespraak. Hij zag zichzelf op de tafel klimmen en zwaaien met de jute zak waarin hij zijn kroon bewaarde. Als bij ingeving had hij een pauze aangekondigd. Het was een list, een manier om zich te ontdoen van de verplichtingen die de ontvangst van zijn voormalige hofhouding met zich meebracht. Nu hij zich verzekerd had van een gehoor moest hij ook zijn toezegging, het woord voeren bij het invallen van de duisternis, gestand doen. Na drie jaar Neergoed. Alleen Albert, Helevis en Deniak wisten waar hij zich mee inliet, de anderen stelden zich tevreden met de gedachte dat hij niet voor niets zijn kroon had opgeborgen. Hun belangstelling ging uit naar nieuwe intriges, de openbare orde was hun enige houvast; zij hoopten dat Agnese de Iste op zijn schreden zou terugkeren en al waren zijn kansen verkeken, dat hij tenminste een verklaring zou afleggen waarin hij spijt zou betuigen over onbezonnen gedrag en waardering zou uiten voor de helpende hand die hem werd toegestoken. Moest hij hen tegemoetkomen, of was het beter hen te negeren; pas als hij geen acht op hen sloeg zouden zij zich op hun gemak voelen. Dr. Albert Igenhof mocht honderd keer verbonden zijn aan de Rijks Psychiatrische Inrichting, zijn rechtlijnige manier van praten en zijn bot gedrag lieten zien wat voor een genezing hij voorstond. De hooggeclassificeerde hulpverlener weigerde een voorbeeldig leven te leiden, dat moest hij hem nageven, en Eleonora gaf geen krimp, bij het minste teken van onraad koos zij de zijde van haar man. De twee Duitse dichters leken verliefd op hun isolement, hooguit Wolfgang waagde zich aan een tweegesprek, Renato liet zich keer op keer ontvallen dat hij zijn dag niet had; hij leek wel een dwerg, een afgezant uit het zwarte woud die voortdurend grafschriften schreef voor bomen die in grote getale het loodje legden. Been was niet veranderd, de andere ambtenaren hadden hun onderdanigheid bewaard en keuvelden het liefst met elkaar, aangemoedigd door hun echtgenotes die niet de indruk wilden wekken met een sukkel door het leven te gaan. Pauze, herhaalde hij, geen verplichtingen ten opzichte van een programma. Hij rechtte zijn rug. Als vanzelf gleden zijn vingers in de zakjes van zijn vest. Hij vond een toefje ooievaarsbek dat hij 's middags in de achtertuin had afgeplukt. De geur van ooievaarsbek gaf hem toegang tot zwak verlichte vertrekken waar geboende kasten stonden die nooit van hun plaats kwamen. Zijn oude moeder scharrelde er rond op platte schoenen. Zij bekeek het linnengoed op de hand. Hij mocht niet in haar kast kijken, zij joeg hem weg. Haar herinneringen waren broos, op plaatsen waar zij die had verstopt verdroeg zij geen pottenkijkers.

Leunend op de tuinmuur nam Agnese het dal in ogenschouw, het grijze lint van de rivier, stroomafwaarts daken, kerktorens, flatgebouwen, stroomopwaarts velden, lokale wegen, huizen en loodsen, beboste heuvels in de verte. Een lichtblauwe vrachtwagen verdween achter een rij populieren, dook weer op, reed achter huizen door en raakte voorgoed uit het zicht achter de plompverloren nieuwbouw van het provinciehuis. Het bleke gebouw aan de overkant van de rivier hield manmoedig zijn scheef afgeplatte torens in de lucht. Het moest burchten oproepen in de herinnering, het moest bescherming bieden tegen roofridders door zelf roofridders te huisvesten. Waarom had hij zich niet met de nieuwbouwplannen ingelaten? Al had hij geen zeggingschap over de besluitvorming op provinciaal niveau, hij had toch zijn veto kunnen uitspreken. Zijn veto zou gewicht in de schaal gelegd hebben... Hij had het strijdperk vermeden; reageren op verkeerde besluiten van de overheid zou zijn aandacht versnipperen. Hij mocht zijn ontvankelijkheid voor eigen onderzoekingen niet aantasten. Blij dat hij zich niet had laten verleiden tot een pas de deux met het provinciaal bestuur maakte hij zelf een danspas. Zou hij er nog ooit in slagen zijn heimelijk plezier openbaar te maken? Zou hij met vrienden aan een cafétafel kunnen lachen om die moderne roofridders? Hij strekte zijn arm naar voren, de rij populieren langs de rivier kon hij achter een handpalm verbergen. Op de roodbruine rug van zijn hand zag hij glinsteringen als van visschubben. Hij bewoog zijn vingers, pakte naar lucht. Het woord voeren..., de ware toedracht vaststellen. Dat hij iedereen het paleis had uitgejaagd was voldoende bekend; de kranten hadden Rita en Deniak aan het woord gelaten. Ook toen zijn raadsheren zich uit het overleg terugtrokken hield Zijne Majesteit voet bij stuk, had Deniak verklaard, ik betreur het maar ik respecteer zijn keuze. Als voormalig raadsheer weet ik waar ik over praat. Het is de plicht van Zijne Majesteit zijn persoonlijk inzicht als richtsnoer voor zijn handelen te nemen. Rita had zich op de vlakte gehouden. Naar eigen zeggen was zij niet de aangewezen persoon om uit te leggen wat er in Zijne Majesteit omging. Zij begreep niet alles, al wilde zij wel kwijt dat zij aan het hof een onvergetelijke tijd had doorgemaakt. Zij had een cabaretgroep opgericht en de wens kenbaar gemaakt dat hij in eigen persoon nog eens een voorstelling zou bijwonen... Op een winderige avond zou zij plotseling voor hem staan met een koffer vol attributen. Onstuitbaar zou zij hem dwingen naar haar teksten te luisteren. Zij zou de schijn wekken dat zij ontboden was en zijn verweer als een aanmoediging opvatten. Waar wachtte hij op! Het was van belang zelf nog eens de gebeurtenissen op een rij te zetten en de ware toedracht vast te stellen. Nu het nog kan, verzuchtte hij. Achter zich hoorde hij voetstappen; zijn huisbediende kwam zeggen dat de maaltijd werd opgediend, de ambtenaren hadden hun plaats aan de tafel in de serre al ingenomen.

Welwillendheid bedreigde hem. Om het woord te voeren moest hij zich eenzaam maken, pas dan zou hij tot spreken in staat zijn. Geen nood, fragmenten konden volstaan. Hij leunde over de tuinmuur, een lichte bries streelde zijn gezicht. Waarom, vroeg hij zich af, had hij deze middag Helevis zijn droombeelden verteld? Stomme ijdelheid speelde hem parten, de droom van de koning, dat wist hij maar al te goed, legde een schaduw over de samenkomst. Moest hij zijn dromen verzwijgen? Te voet waren zijn gasten Neergoed genaderd. Zij hadden zich opgesteld in de tuin. Hij had hun stemmen gehoord. Op het gazon verkondigde Deniak aan ieder die het horen wilde dat Z.K.H. op het verkeerde paard had gewed; de race was allang voorbij. Hij had teruggeroepen: Ik zie je op het septemberbal. En plotseling kwam het hoofd van Albert Igenhof boven de tuinmuur uit. Onbewogen zei het: Hello sir, how do you do. My name is Albert Igenhof. I'll be there. De gezworenen waren bijeen. Ik maak hen tot getuigen van mijn geschiedenis, stelde hij vast, te beginnen bij de dag dat ik iedereen de deur heb uitgewerkt en alleen achterblijf in het paleis.

Agnese maakte aanstalten om naar de salon te gaan toen hij stemmen hoorde naderen. Hij keek om. De vrouw in de gele taflinnen regenjas herkende hij onmiddellijk; vanaf het pad kondigde Deniak hem de onverwachte komst van Emilia ter Slieven aan. Gerilde blonde haren, een zwarte baret en een zonnebril markeerden haar hoekig gezicht. Koel, als iemand die onder geen beding gestoord mocht worden, hield Agnese haar op afstand. Hij stelde zich niet beschikbaar en verwees hen naar de feestzaal waar de genodigden bijeenkwamen voor de maaltijd. Maar Emilia zette een klaagzang in. Niets had haar nog langer in Griekenland kunnen houden. Het had haar nobel geleken in Athene haar geluk te beproeven maar zij was van een koude kermis teruggekeerd.

Steeds was zij in gedachten bij het leven dat zij in de lage landen had geleid. Zij had terugverlangd naar de gesprekken aan het hof. Dat zij destijds Zijne Majesteit een maniak had genoemd bewees alleen maar hoezeer zij zich in het nauw gedreven had gevoeld. Haar besluit om weg te gaan had zij destijds onder druk genomen; zij had gemeend er goed aan te doen, maar niets had haar kunnen afhouden van haar verlangen vandaag naar Neergoed te komen. Agnese stond met zijn rug naar haar toe. Met een enkel gebaar maakte hij Deniak duidelijk dat hij haar mee moest nemen. 'Laat haar in de feestzaal tot ik kom,' zei hij kortaf. Ze schreeuwde bijna. Deniak trok haar mee, 'Het moge je bekend zijn dat wij vanavond in besloten gezelschap de voordracht tegemoet zien die Zijne Majesteit in het vooruitzicht heeft gesteld. Mocht je er op uit zijn de boel in de war te sturen dan sta je meteen weer buiten.' Hun stemmen verwijderden zich.

Waarom vandaag, waarom in bijzijn van anderen Emilia ter Slieven terugzien., hoe lang al was zij onderweg? Kon het toeval zijn, vandaag, op het banket...? Zijn blik zocht verte, ...een dame dwaalde langs de oever van de rivier, alleen haar hoofd en schouders staken boven de nevels uit. Waar de rivier ontsprong op het plateau de Langres was haar tocht begonnen. Lagen haar eigen verlangens ten grondslag aan haar nadering of was haar komst onvermijdelijk? Haar hautaine klaagzang irriteerde hem en het kwam hem voor als een grote onbeschaamdheid dat zij in Griekenland haar belevenissen te gelde had gemaakt. Zij had hem afgeschilderd als een machthebber die regeerde over stoelen en tafels. De schoenen van de kok, de ladder in de kamer, de sollicitaties, het tuinhuis, alles had zij zonder luister aan de openbaarheid prijsgegeven. Zij had de bladen verteld dat zij door hofdame te zijn hem in staat stelde dat uitzonderlijke leven te leiden. Eenmaal tot dat inzicht gekomen had zij in 's lands belang besloten haar diensten in te ruilen voor een betrekking in de Rijks Psychiatrische Inrichting, een werkkring die haar bij nader inzien niet bleek te liggen. Haar avontuurlijkheid trok hem aan, haar stem, haar schelle stem schiep een onverhoedse actualiteit, maar haar aanwezigheid irriteerde hem. Zij ontwrichtte de bijeenkomst. Zij kon hem de voet dwars zetten door eigen getuigenissen naar voren te brengen zodra hij zijn paleisexperimenten ter sprake bracht. En, erger nog, uit haar mond, niet uit de zijne, zouden zij willen horen hoe Z.K.H. zijn dagen in het paleis doorbracht, hoe ongewoner, hoe meer er te smullen viel. Hij had haar niet weggestuurd, en hij keurde zijn intuïtieve beslissing goed, door haar weg te sturen zou hij een tweederangs woordvoerder van zichzelf gemaakt hebben. Juist nu kreeg zijn woord geldigheid. Hij had naar haar verlangd zonder haar komst te wensen. Drie jaar had hij vermeden met haar in aanraking te komen en nu, op deze feestdag, had zij haar kans gewaagd. Was er iemand die haar gezelschap bijzonder op prijs stelde? In ieder geval bleef hem het weerzien van Emilia ter Slieven met het hof bespaard. Hij zou wel zien hoe het liep.

Inmiddels had Deniak haar een plaats toegewezen in de nog lege kring bij de schouw. In de serre zaten de ambtenaren en hun vrouwen om een grote tafel. Zij dronken en praatten luidruchtig. Been vertelde waarom hij zijn vrouw had thuisgelaten. Had zij gedronken dan begon zij herinneringen op te halen aan voorvallen die, dat wist hij zeker, nooit hadden plaatsgevonden. Zij betichtte hem ervan dat hij haar bespiedde, maar hij was er de man niet naar om zijn vrouw te bespieden of te wantrouwen. Nimband verklaarde ronduit dat hij de opwinding die spieden hem verschafte niet zou willen missen. Zijn vrouw Alette viel hem bij. Door nieuwsgierig te zijn bewijst hij zijn belangstelling voor mij. Dan weet ik dat hij om me geeft, voegde ze er voor de lachers aan toe. De belangstelling van Been ging uit naar oude Chinese paringstechnieken. Zijn vriendinnen moesten vaker klaar kunnen komen zonder dat hij meekwam. In een warenhuis had hij een afgeprijsd boek over dat onderwerp aangeschaft. Van Schaveren deed nog een duit in het zakje door te verklaren dat hij op de onmogelijkste ogenblikken naar seks verlangde. Richting Deniak kijkend merkte Been schamper op dat de ex-hofdame niet erg welkom was, 'een hartelijke ontvangst lijkt mij meer in overeenstemming met de dag.'

'Wil de boekhouderskaste zich er niet mee bemoeien,' wees Deniak hem terecht, 'mevrouw Ter Slieven is hier niet uitgenodigd en jullie zien hopelijk dat ze niet vol verlangen naar jullie toesnelt. Neem genoegen met de gang van zaken.'

De besliste toon van Deniak miste zijn uitwerking niet. Niemand nam het voor Emilia op. Zij zat met haar rug naar hen toe en werd door Deniak bewaakt.

Constant Kumula knikte kort toen hij naast haar kwam zitten. Dr. Igenhof gaf haar een hand. Zijn: lange tijd niet gezien, beantwoordde zij met: Griekenland heeft me niet vast kunnen houden. Eenmaal daar leek het of wat ik zocht zich hier afspeelde. Ik ben blij u weer te zien, hoe maakt u het? Eleonora Igenhof sprak met haar over het welvaartspeil op de Griekse eilanden. De begroeting met Rita was hartelijk.

Emilia gedroeg zich correct en bereikte dat men haar beleefd te woord stond. Eenvoudige vragen als: hoe waag je het je hier te vertonen, werden door niemand gesteld. 'De onverwachte komst van Emilia ter Slieven is een echte verrassing,' zei Deniak toen hij haar voorstelde aan Elsa en Leon Koperding. Beiden namen plaats naast Albert en Eleonora Igenhof. Terwijl hij ging zitten zei Leon, 'Psychiaters wekken tegenwoordig mijn nieuwsgierigheid. Vroeger ging ik hen uit de weg maar nu kunnen zij op mijn belangstelling rekenen.'

'Nee Leon, hier, zijn geen psychiaters, ik ben hier niet uit hoofde van mijn beroep, thuisgekomen ga ik geen rekening uitschrijven.'

'Al goed, maar denk niet dat mijn belangstelling er minder om wordt.'

Stampend kwamen de twee Duitse dichters binnen, de kleine Renato voorop. Wolfgang hield hem bij zijn middel vast, bij iedere pas tilden zij dezelfde voet nog een tweede keer op. Hun lopen leek op schuiven, een vrolijke locomotief die om de paar tellen explosief gesis liet horen. Achter Emilia's stoel kwam de locomotief tot stilstand. 'Hätte immer dich begegnen wollen,' sprak Wolfgang terwijl hij haar een handkus gaf. De kleine Renato maakte een hoofdbuiging en herhaalde de woorden van zijn klasgenoot. Zij gedroegen zich als schooljongens die de vrouw van de Duitse leraar goedendag komen zeggen onder het speelkwartier. Het was Emilia die de toon aangaf met de woorden, 'Diese Frau kann man nicht einfach exmatrikulieren.' Deniak schrok van haar beslistheid. Helevis maakte een bewonderende rondgang langs het koud buffet en nam zonder Emilia aan te kijken plaats tegenover de stoel die bij de schoorsteen klaarstond voor de gastheer. Als laatste kwam Victor binnen. Zonder op iemand acht te slaan koos hij een stoel in de serre, naast Been, zijn rug naar het raam gekeerd, zodat hij kon zien wat er gebeurde.

Deniak was onrustig. De onverschilligheid waarmee Agnese zijn vroegere hofdame had ontvangen beviel hem niet. Bovendien liet de gastheer verstek gaan en moest hij, Deniak, optreden als haar beschermer. Het was nog maar de vraag of Victor erin zou slagen de vreemde reactie van de ambtenaren in de serre in goede banen te leiden. Zelf zou hij onrust zaaien door te doen alsof er niets was voorgevallen sinds zij drie jaar geleden naar Griekenland was uitgeweken. Hij wilde niet de indruk wekken dat hij voor haar opkwam. Als bij ingeving liep hij naar de hal, om terug te komen met een kleine koffer. Staande in de deuropening verhief hij zijn stem, 'Dames, heren, vrienden, een ogenblik stilte alstublieft.'

Hij stak de koffer omhoog en zwaaide ermee alsof hij een gevonden voorwerp onder ieders aandacht wilde brengen.

'Op dit moment bevindt zich in ons midden de eigenaresse van deze koffer. Na drie jaar Griekenland en ongewenste avonturen verlangde zij naar ons gezelschap. Zo-even heeft Zijne Majesteit erin toegestemd dat zij deze salon betreedt. Ik stel haar nu in de gelegenheid nader te verklaren waarom zij Huize Neergoed onaangekondigd bezoekt.'

Emilia ging staan. Wie kon nog bezwaar maken tegen de jeugdige schoonheid en de schuchterheid die zij tentoonspreidde? Zij keek naar haar handen alsof zij de waarheid aan haar handen moest aflezen. Ze sprak langzaam.

'Mijn besluit om naar Griekenland te gaan heb ik destijds onder druk genomen. Ik kreeg te verstaan dat ik er verstandig aan zou doen Zijne Majesteit aan zijn zelfgekozen lot over te laten. Tevergeefs heb ik in Athene mijn geluk beproefd. Ik verlangde terug naar het hof. Niets kon mij ervan weerhouden vandaag naar Neergoed te komen toen ik hoorde dat hier een reünie plaatsvond.' Ze keek Deniak aan in de hoop dat haar verklaring afdoende zou zijn.

'Ga verder. Vertel waarom je interviews hebt gegeven aan twee Spaanse bladen.'

'Ik kon niet alles wat zich had afgespeeld aan het hof uit de ogen van Agnese de Iste blijven bekijken. Door mijzelf in het middelpunt van de gebeurtenissen te plaatsen slaagde ik erin ruimte voor mijzelf te scheppen in een periode waarin ik geestelijk dreigde te verstikken. Naar mijn vaste overtuiging zou het gebeuren sterker worden als ook het personeel probeerde het heft in handen te krijgen. Ik betreur niets van wat ik in het interview heb gezegd, en als de helft gelogen is kan de andere helft toch waar zijn. Dat ik Zijne Majesteit een maniak heb genoemd bewijst alleen maar hoezeer ik mij in het nauw gedreven voelde.'

Deniak ging een stap opzij om Anatole door te laten. Op een witmetalen blad droeg de bediende wijnglazen aan. Achter hem verscheen Agnese. Emilia merkte hem niet op. 'Jazeker,' zei ze tegen Kumula, die instemde met haar verklaring, 'ik heb een zoon van twee jaar die ik niet alleen kan laten. Ik bleek daar te moeten werken. De ene ontgoocheling na de andere stond me te wachten. Datgene wat ik zocht...' Agnese onderbrak haar. 'Je hebt jezelf tekortgedaan jongedame, hier valt niets te klagen.'

‘Ik schaam mij. Ik had niet mogen zeggen dat ik een campingbaas achterna ging. Ik was alleen. Die leugens dienden om mij af te schermen. Er was geen campingbaas. Niemand prees mij aan in de kantine waar ik dranken serveerde; er was ook geen kantine. Alles is gelogen.’

Haar ogen schoten vol tranen. Het kostte haar moeite uit haar woorden te komen. Zij had op een camping gelogeerd maar zij had zich verweerd, zij had stompzinnige kampeerders van zich afgeslagen. Ontredderd liep zij de salon uit.

5

Onmisbare publiciteit

Schelpdieren, gefileerde tong, aardappelpuree, gesneden komkommer in witte saus, citroen, waterkers, mosterdsaus, bieslook, niemand hoefde bang te zijn dat hij niet aan zijn trekken zou komen. Maar gegeten werd er nog niet. Deniak vroeg Dinette met het rondbrengen van de hors d'oeuvre te wachten. Hij wilde de opschudding die Emilia's komst althans in hem veroorzaakt had enigszins stroomlijnen voor hij met eten begon. Het welkom dat haar ten deel viel had zijn goedkeuring niet. Naar zijn idee moest mevrouw Ter Slieven een tuchtiging ondergaan.

'Je kunt niet stellen dat zij ons in het ongeluk heeft gestort,' stelde Helevis vast.

'Zij heeft ons,' zei Agnese die zijn plaats bij de schoorsteen had ingenomen, 'afgeschilderd als decadente hovelingen die uit wanhoop tornen aan gewoontes en clichés.'

Leon Koperding vroeg of hij aan het woord clichés dat hij deze middag al vaker had gehoord een speciale betekenis moest toekennen. Hoe kon men uit wanhoop aan clichés tornen, betekende dat iets? Bijna hulpeloos keek hij om zich heen. Agnese gaf uitleg:

'De aantasting van het cliché heeft geen andere bedoeling dan het blootleggen van de ontvankelijkheid, van het niet weten.'

Leon leek opnieuw geheimtaal te horen. Zijns inziens werd door gebruik te maken van clichés de ontvankelijkheid vergroot; men zag dan immers verlangend uit naar iets nieuws. Voorts zat men ook in stoelen bijeen en naar hij begrepen had moesten ook stoelen worden opgevat als clichés.

'Ik stel opnieuw vast dat Emilia ter Slieven ons niet in het ongeluk heeft gestort,' poneerde Helevis.

Deniak: 'Zij heeft Z.K.H. voorgesteld als een dwaze meester.'

Albert Igenhof: 'In de ogen van veel mensen is dat een uitgemaakte zaak. Zij kunnen zich niet veroorloven de laconieke leefwijze van Zijne Majesteit te huldigen. In de ogen van het volk treft mevrouw Ter Slieven geen smaad, integendeel, want wat is er gebeurd: een naar de publieke opinie overgelopen hofdame stelt de krantenlezers in staat zich achteraf vrolijk te maken over de gang van zaken aan het hof. Het is een opluchting als eindelijk iemand met gezond verstand zijn mond opendoet over die ondoorzichtige Agneser praktijken. Iemand die weet waar het over gaat, een getuige. Nemen wij haar op in ons gezelschap dan zal de buitenwacht zich afvragen hoe het in godsnaam mogelijk is dat deze jonge vrouw haar oordeel heeft herzien.'

Eleonora Igenhof fluisterde haar man iets in het oor, maar hij sloeg er geen acht op; hij wilde weten of Helevis de kastijdingsdrift van Deniak respecteerde. Er ontstonden meerdere gesprekken tegelijkertijd. Been, naar voren lopend tot achter Eleonora's stoel beweerde dat het hoog tijd werd de gedoemde plek die Emilia ter Slieven heette tot leven te wekken. Het mocht een wonder heten dat zij was komen opdagen. Zij zorgde voor publiciteit; publiciteit was de juiste gedachte. Zonder publiciteit geen vooruitgang. 'Ik spreek namens mijn tafel,' zei hij nog. Helevis diende hem van repliek. 'Hoor eens jongeman, retorisch ben je niet onbegaafd maar je gedachten zijn als een brug zonder pijlers; omdat je weinig meemaakt kun je veel bedenken.' Hij hief zijn glas. Been lachte terug, het maakte hem niet uit wat ze van hem dachten. Ook Helevis' toevoeging: Iemand die zegt wat jij zegt moet er ook zijn, nam hij voor lief. Hij verstond het maar half, de wijn prikkelde zijn keel, hij hoestte.

Zonder op te staan schoof Leon Koperding zijn stoel een halve meter naar achter. 'Wat vriend Been daar oppert lijkt mij van belang. Kan deze Emilia op haar eentje voor publiciteit zorgen dan heeft zij grote verdiensten die wij niet mogen veronachtzamen.' Tegen Eleonora, die over haar schouder naar hem keek nu naast haar stoel een leegte was ontstaan, zei hij, 'Een toeval dat wij deze middag over het verraad van mevrouw Ter Slieven gesproken hebben. Albert noemde in bijzijn van de heer Been hier onze Griekse een publiciteitsgeile dame. Nu waagt hij zich niet aan dergelijke uitspraken. Haar aanwezigheid heeft het tij gekeerd.'

Keelschrapend kondigde Igenhof aan dat hij iets wilde zeggen over wat hier gezien werd als het verraad van Emilia. 'Laten wij het zogenaamde verraad van mevrouw Ter Slieven opvatten als de uitvoering van haar wantrouwen. Zoals u weet ontstaat wantrouwen daar waar dwang het handelen bepaalt. Vanuit dat gezichtspunt kies ik voor een ongedwongen verwelkoming van Emilia.' Hij leek de greep op zijn betoog kwijt te zijn, keelschrapend zocht hij houvast. 'Ik spreek met gezag en uit dien hoofde kunt u mij wantrouwen. Ik wantrouw ook mijzelf wat mijn gevoelens voor Emilia betreft. Zodra ik mijn gevoelens voor haar afwijs heeft zij een verstandig man van mij gemaakt.' Hij lachte nerveus. Met een door drank aangemoedigde openhartigheid vervolgde hij, 'laat de boulevardbladen maar schrijven dat de psychiater dolt met de hofdame van zijn voormalige patiënt Agnese de Iste en dat hij heeft geprobeerd een verpleegster van haar te maken. Laat het voor waar doorgaan, voor de bladen ga ik niet opzij; de sentimenten, verdraaiingen en insinuaties die zij in praktijk brengen zijn mij bekend.'

Agnese zag dat Eleonora haar man bij de arm pakte, 'laten we eerst tot rust komen en wat eten,' zei ze, maar Albert liet zich de mond niet snoeren. 'Ik wil nog een ding zeggen: ik wil dat jullie mijn vrienden zijn en ik schaam me niet toe te geven dat Emilia tot mijn verbeelding spreekt. Hoogheid, laat ons het glas heffen, dit is een gedenkwaardige dag.'

Agnese toonde zich niet erg ingenomen met de spreeklust van dr. Igenhof. Zijn glas balanceerde tussen de vingers van zijn linkerhand. Door het schuin te houden liet hij de wijn tot de rand komen. Terwijl de anderen aarzelend hun glas hieven morste hij wijn op de grond. Toen hij Albert het glas zag heffen naar het clubje in de serre zei hij, 'Het woord "gedenkwaardige" hindert mij in hoge mate lieve vriend. Op die indicatie kan ik niet met je drinken zonder de slok die ik ga nemen al van tevoren te bezoedelen. Kies een ander bijvoeglijk naamwoord.'

'Goed, al goed. Ik geef toe dat ik het woord "gedenkwaardige" voorbarig gebruikt heb. Op deze...dag...vol...'

'Vol wat?'

'Vol avontuur, vol achterdocht en wanhoop, ik bedoel hoop.' Allen behalve de lange dichter die op het tapijt zat en in een boekje notities maakte hieven hun glas omhoog. Helevis proostte op de samenkomst, Been op de publiciteit, Igenhof op het koningschap, Eleonora op het gezond verstand, Elsa en Leon Koperding op de vriendschap. Zij tikten elkaars glas aan en knikten elkaar toe. Rita dronk op de humor. Haar melkmuiltje glimlachte innemend naar Eleonora die met een blik op haar man zei, 'Het cabaret is al begonnen.' De tongen kwamen los. Agnese hoorde keer op keer de naam Emilia opklinken. Hij luisterde mee. Belachelijke uitlatingen van dr. Igenhof, hoorde hij Deniak zeggen. Deniak stond alleen in zijn afwijzing.

Agnese zat te ver van de lage tafel om naar voren bukkend te kunnen eten; hij nam het bord op zijn knieën. Leon Koperding volgde zijn voorbeeld. Albert schoof zijn stoel naar voren en nodigde Eleonora uit hetzelfde te doen. Galant hielp hij haar het meubel verzetten. Ook Deniak schoof aan. Rita had plaatsgenomen op de tweezitsbank tussen Deniak en Helevis. Renato zat alleen, aan de korte kant van de dientafel waarop de gerechten stonden uitgestald. Wolfgang at op de grond. Papiertjes, lippenstift, mascara, een kam en een spiegeltje markeerden zijn gebied. Anatole maakte een kniebuiging om zijn wijnglas bij te vullen en liet de fles bij hem achter. Wolfgang rechtte zijn rug, klapte in zijn handen en reciteerde, 'Korf erfindet eine Art von Witzen, die erst viele Stunden später wirken. Jeder hört sie an mit Langerweile, so Christian Morgenstern.' Renato nam over, 'Doch als hätt ein Zunder still geglommen, wird man nachts im Bette plötzlich munter, selig lächelnd wie ein satter Säugling.' Vakantieverhalen smukten de maaltijd op. Men sprak niet meer over Emilia. Konstant Kumula was op het strand van Normandië in aanraking gekomen met een Duits sprekende vrouw die professor in de tropische plantkunde bleek te zijn aan de universiteit van Freiburg. Hij had viool voor haar gespeeld op zijn hotelkamer. Deniak meldde: immer schmerzhafte Erfahrungen mit Frauen. Zijn liefde voor vrouwen joeg hen op de vlucht; hij schiep geen behagen in het behagen. Toen zijn bord leeg was ging hij kijken waar Emilia bleef. Hij begon zich ongerust te maken.

'Breng haar mee,'zei Agnese kortaf.

Deniak zette de kraag van zijn roestbruine jasje omhoog, wreef in zijn handen en pakte het koffertje van Emilia dat nog achter de tweezitsbank stond. Op de piano in de hal sloeg hij een paar akkoorden aan ten teken dat zijn zoektocht begonnen was.

Rita bood aan een Grieks volkslied te zingen over de deinende zee. Zij zong over het gemoed van de vrouwen als de vissers zijn uitgevaren, over schepen in de donkere nacht, over mannen die hun netten uitgooiden, over een storm die opstak. Een van de boten kreeg averij maar de vissers lieten elkaar niet in de steek. Zij sleepten het schip van Xenakis achter zich aan en brachten het terug in de haven. Ook kreeg hij zijn deel van de vangst. Om de behouden thuiskomst te vieren dronken zij ouzo. Zij zongen dronkemansliederen. Rita's stem daalde diep; zij bootste het gezang van de mannen na. Onder het applaus ging opnieuw de deur open; Deniak liet Emilia voorgaan. Zij droeg nu zelf haar kleine koffer. Hij ging naast haar staan en vroeg ten tweede male aandacht voor een woordje van Emilia. Zij verklaarde dat de reis en het weerzien haar zenuwachtig hadden gemaakt; nu zij in tranen was uitgebarsten was het over; zij voelde zich kalm. Zij vroeg de gastheer hem een geschenk te mogen aanbieden. Zonder zijn antwoord af te wachten liep zij naar hem toe, achter Leon Koperding om. Pal voor Agnese liet zij de blinkende sloten van haar koffer openspringen en klapte het deksel open: pakken lucifers in het gelid, op de etiketten de afbeelding van een brandende lucifer, rood in wit. 'De kleuren van Akros maar zonder merknaam,' verzuchtte Agnese. Emilia trok de grijsgrauwe verpakking stuk, doosjes lucifers rolden over de grond. Zij streek een lucifer af en alsof zij niet meer wist wat haar nog te doen stond blies zij hem weer uit. Agnese schoof met een voet de gevallen doosjes opzij. 'Een bijzonder geschenk, ik zie dat je aan me gedacht hebt, Grieks vuur.' Moest hij dit als een signaal opvatten of was het een attentie? Emilia boog zich naar hem toe, vlak aan zijn oor hoorde hij haar stem: 'ik sta in brand, ...ik verlangde ernaar je te zien.' Zij liep al langs hem heen naar de schenktafel, nam een wijnglas en liet zich door Wolfram een Haute Sauternes inschenken. Agnese vatte haar gefluisterde bekentenis op als een opdringerige uiting van genegenheid, een noodsprong die het midden hield tussen een belediging en een liefdesbetuiging. Hij zag haar bezig, met het glas wijn in de hand hernam zij haar toespraak.

'Ik wilde iedereen heel graag terugzien. Ik wilde erbij zijn en met jullie het glas heffen. Mezelf hier ongenood aandienen was de enige mogelijkheid. Ik had al eerder terug willen komen, maar trots heeft me weerhouden. Je hebt je van het hof gedistantieerd, heb ik tegen mezelf gezegd, maar moet dat een blijvende belemmering zijn als je opnieuw contact tot stand wil brengen? Een diep verlangen heeft me hierheen gevoerd. Ik heb me u allen een voor een voor de geest gehaald, ...maar u heb ik nooit eerder gezien!' Zij keerde zich naar de ambtenaren in de serre, naar de man in hun midden. 'Uw geprononceerde neus laat geen twijfel. Ik zou u zeker herkennen als ik u eerder had ontmoet.' Deniak kwam haar te hulp, 'Laat me je voorstellen aan de man die de haviksneus van zijn vader heeft geërfd, de geringe verwantschap met de neus van zijn halfbroer in aanmerking genomen: Victor Penkental.'

'Mijn halfbroer,' vulde Agnese aan.

Victor Penkental ging staan en knikte Emilia toe. 'Ook ik heb u nooit eerder gezien, maar nu mijn halfbroer en ik nader tot elkaar zijn gekomen stel ik het op prijs u te ontmoeten. Ik had me een andere voorstelling van u gemaakt. Gisteren heb ik met het oog op deze samenkomst mijn krantenknipsels nog eens doorgekeken. Op de coverfoto van El Hombre hebt u een jongenskopje, maar de vrouw achter Agnese I draagt een blonde pruik. El Hombre wekte de indruk dat mijn halfbroer zich met jongetjes inliet maar u hebt het bewijs geleverd van het tegendeel. Het lichaam dat hij koesterde, luidt zo niet het onderschrift bij de foto waarop u half ontkleed poseert naar het voorbeeld van een beroemd schilderij?'

Emilia zag hem vol verbazing aan. 'Onbegrijpelijk dat Zijne Majesteit nooit over u gesproken heeft.'

'Mijn halfbroer had er geen belang bij om over mij te praten, integendeel. Ik ben lange tijd een tegenstander geweest van zijn optreden. Ik lachte hem uit omdat ik dacht dat ik hem kende. In onze jongensvakanties aan zee hebben we samen langs het strand gerend, we sprongen om het hoogst in de golven. Alleen ik weet hoe hartstochtelijk de kleine Agnese zich overgaf aan schelmenstreken. Het verbaasde me niet dat hij ouder geworden zich van de dagelijkse gewoontes wilde ontdoen; er bleef hem niets anders over, zijn eigen gedrag stond hem tegen. Weerzin bracht hem in een machtsconflict met zijn omgeving, te weten de inrichting van het dagelijks leven aan het hof. Hij wenste zich niet langer aan de inrichting te onderwerpen. Welke geheime motieven er ook in het spel geweest mogen zijn, de conclusie van mijn halfbroer was voor mij onaanvaardbaar. En niet alleen voor mij. Van de gevolgen bent u beter op de hoogte dan ik. U hebt rondgelopen in de kleren van de koksjongen, beschaamd wellicht, maar toch bereid om mee te doen aan wat ik voor mezelf geheimzinnige tempeldiensten noem. U beloonde zijn isolement met genegenheid; zoals mijn halfbroer vertelde werden zijn vrijmoedige galanterieën door zijn hofdames zonder terughoudendheid beantwoord. Of heeft hij me maar wat op de mouw gespeld?'

Agnese applaudisseerde als enige. Hij had ademloos geluisterd en waardeerde Victors uitspraken al liepen die ook vooruit op wat hij zelf wilde zeggen. Het deed hem goed Victor ten overstaan van iedereen zijn geavanceerde kijk op het hof onder woorden te horen brengen. Op het juiste moment wierp hij zich op als gangmaker, Victor was nog niet uitgesproken. 'Ik zal u vertellen waarom ik mij afwendde van het hof nog voor u daar een voet over de drempel had gezet.' Hij haalde diep adem. 'Als een man niet meer in staat is een tafel en een stoel te accepteren als vanzelfsprekende zetstukken in zijn woning is er iets bijzonders met hem aan de hand. Omdat het hier mijn halfbroer betrof nam ik aan dat hij iets bijzonders op het spoor was. Wilde hij dat spoor volgen dan moest hij volstrekt eigenwijs te werk gaan. Bijval zou uit den boze zijn, zo dacht ik. De koning moet de inrichting aanvaarden, hij heeft een representatieve functie.'

'Geen sprake van,' wierp Agnese tegen, 'het koningschap is een eigenzinnig beroep, een open bezigheid. De rituelen staan niet tevoren vast, de koning bepaalt zelf.'

Agnese nodigde zijn halfbroer uit in de kring bij de schouw te komen zitten. Emilia gaf de ambtenaren een hand, zij herinnerde zich hun namen, Van Schaveren, Tijdeveen en Nimband, en vond het leuk hen terug te zien in gezelschap van hun dames.

In de hal begon een klarinet te spelen. Kumula nam plaats achter de piano. Het muzikaal intermezzo schiep bewegingsvrijheid. Wolfgang stalde de verdere inhoud van zijn zakken uit op de vloer. Met een meetlint in de hand ging hij voor Emilia staan. 'Ich bin ein Schneidergeselle,' zei hij terwijl hij haar de maat nam. Armlengte 61. Schouderbreedte 43. Heupwijdte 88. Bovenwijdte 90. Lengte 184. Van kraag tot knieholte 125. Duim 7. Slanke vingers. Ogen grijsbruin. Schoenmaat 40. Alle getallen kwamen in zijn opschrijfboek.

6.

De meester van de glans

'De macht waar ik over beschikte leidde niet tot de manier van leven die ik voorstond.' Agnese richtte zich tot Victor op de tweezitsbank. Helevis, Elsa en Leon, en Albert Igenhof luisterden mee.

De plaats naast Victor was leeg, Rita had een stoel aangeschoven naast de kleine Renato aan de buffettafel, haar rug naar het gezelschap. Eleonora pakte Emilia bij de arm en trok haar mee, zij gingen in de serre zitten toen Agnese met stemverheffing zei, 'Mijn gedachten en gevoelens stonden los van de opvattingen die ik in de praktijk bleek te huldigen. Ik leidde een schijnleven. Hoe moest ik mijn gedrag rechtvaardigen? Ik kon mij er niet op beroepen dat het land een periode van bloei doormaakte. De onaanvaardbare verwording van het koninkrijk spookte door mijn verbeelding. Wat moest ik doen? Ik begon mij te onttrekken aan de macht die ik aan mijn omgeving had toegekend. Mijn praktijken wijzigden zich, ik stelde mij niet langer beschikbaar.' Er speelde een lachje om zijn mond toen hij vervolgde, 'Ik had er plezier in de hofdames het hof te maken, en niet alleen hen, ook gezanten, ministers en regeringsleiders bracht ik het hoofd op hol. Ik bracht hen aan het verstand dat het niet aangaat ontwikkelingen in banen te leiden voor zij zich voordoen; op die manier wordt de groei uit het gebeuren gehaald. Nieuwe mogelijkheden worden uitgebannen nog voor zij worden herkend. En wat de diplomaten betreft, de wuftheid van hun bezoeken bracht ik aan het licht door tijdens de ontvangsten met spons en zeem de ramen te wassen. Ik hield hen voor dat er zo veel mogelijk licht naar binnen moest komen, immers al het licht dat van hun lichamen terugkaatste in mijn oog moest eerst door de ruiten naar binnen. Ik legde hen uit dat ik van tijd tot tijd mijn gezicht tegen het glas drukte om de koelte van de buitenlucht te voelen, waardoor het glas vettig werd. Vervolgens hield ik hen voor dat schaars licht te verkiezen was boven electrisch licht. Als ik het electrisch licht aanstak ging de samenhang van de dag met het daglicht verloren. Bovendien deed het inschakelen van een electriciteitscentrale afbreuk aan mijn onafhankelijkheid ter plaatse.'

'Maar de hofdames, vertel eens hoe je met de hofdames omging,' drong Victor aan.

'Op mijn verzoek droegen zij donkere kleren die aansloten bij het meubilair en de sofa waar ik vaak op lag. Ik herinner me dat Emilia op een dag openhartig sprak over moeilijkheden die haar vriend maakte in verband met haar diensten aan mij. Ik duldde niet dat zij er een vriend op nahield. Ik trok haar het portiersuniform aan. Zij mocht bezoekers aankondigen en hen zeggen dat ik niemand kon ontvangen. Kwamen er geen bezoekers opdagen dan diende zij zichzelf aan in de hoedanigheid die ik haar opdroeg. Zij kwam bijvoorbeeld solliciteren als wasvrouw.' Agnese lachte breeduit.

'We zijn nu drie jaar verder,' zei Albert, 'hoe sta je nu tegenover die feiten?'

'Vraag me dat niet! Feiten zijn niet stabiel. Door nieuwe interpretaties leveren dezelfde gebeurtenissen andere feiten op. Er zijn uren waarin ik mezelf ontwaar als de nakomeling van een geslacht dat alsmaar de lakens uitdeelt zonder ooit zelf de was te doen.'

Albert luisterde instemmend. 'Moet ik me voorstellen dat je iedere dag met je neus tegen het vensterglas gedrukt stond,' vroeg Victor laconiek, 'en dat je het donker liet worden zonder het licht aan te steken? Wat waren je bezigheden, berust het op waarheid als mevrouw Ter Slieven verklaart dat zij je geliefde was?'

Agnese liet zich niet door zijn halfbroer in het nauw drijven. 'Ik wilde een lege tijd voor me hebben, een tijd zonder verplichtingen, zonder van tevoren vastgestelde bezigheden en zonder getuigen. De aanwezigheid van Emilia bood een afleiding die ik mij niet kon veroorloven. Alleen in het paleis te zijn, dat leek mij begerenswaardig. Pas dan zou ik ten volle bij mezelf te rade gaan. Ik moest mijn welwillendheid aantasten. Maar Emilia liet zich niet gemakkelijk verdrijven; die unieke periode in haar leven wilde zij zich niet laten ontgaan.'

Albert zei niets, hij beantwoordde ook Agneses blik niet, hij keek naar zijn handen.

'Ik heb haar ontslagen maar zij bleef komen als een lastig kind dat thuis zijn draai niet kan vinden. Zij hield van haar betrekking. Zeg eens Emilia, kom eens wat dichterbij, je aanwezigheid hier verplicht je tot diensten aan de faculteit, dat zul je begrijpen. Je kunt wel voorgeven dat je in zeven sloten tegelijk bent gelopen maar je diensttijd aan het hof en je klassieke opleiding staan borg voor je vindingrijkheid. Je bent nu gemeten, je bent aanhoord en je bent toegesproken, ik bewonder je moed. Lach niet. Verspeel niet je moeizaam verworven onafhankelijkheid bij het aanhoren van een compliment.' Emilia kwam niet van haar plaats.

'Jou heb ik nog geen antwoord gegeven.' Agnese wendde zich opnieuw tot Victor. 'Je hebt me vier vragen gesteld. Je vroeg naar mijn bezigheden, je vroeg of ik iedere dag met mijn neus tegen het vensterglas gedrukt stond en of ik het donker liet worden zonder het licht aan te steken, het lijkt een verhoor. Het komt me voor dat je rapport opmaakt nadat ik antwoord heb gegeven in het bijzijn van getuigen. Op te schrijven als volgt: ik heb aan mijn halfbroer gevraagd of het op feiten berust als mevrouw Ter Slieven verklaart dat zij zijn geliefde was. Hij antwoordde dat hij daar...enz.'

‘Ik zal niet de enige zijn die deze reünie in zijn geschriften vermeldt.’ Agnese keek Victor onderzoekend aan.

‘Schrijf maar dat ik nieuwe technieken heb ontwikkeld om niet ten onder te gaan aan de lamlendige gevoelens die ik oploop tijdens ontvangsten en besprekingen waarbij ik niet gemist kan worden. Schrijf maar: hij gaat bij het raam staan. Hij hoeft zijn neusvleugels maar tegen het glas te drukken en ieders nieuwsgierigheid is gewekt. En je vierde vraag: Emilia dwaalde door de gangen en vertrekken van mijn residentie. Zij hoorde bij het paleis; het leek wel of zij door het gebouw werd voortgebracht, haar aanwezigheid was haar voornaamste bezigheid. Dat ik ontvankelijk was voor haar gratie zal ik niet tegenspreken. Zij leidde mijn aandacht af van het onderzoek naar de macht van het interieur. Ik was haar prooi, ik had mij als een verstekeling verschanst in mijn eigen paleis. Niemand kon aanspraak op mij maken. Ik riep een onvermijdelijk lucide en smartelijke periode over mezelf af.’

Anatole rolde de dienwagen naar binnen. Gerammel van borden en bestek, Lize Tijdeveen hielp mee afruimen, Dinette bracht koffie rond. Agnese schonk eigenhandig cognac in. Deniak knipte het licht aan.

‘Vrienden, met het kunstlicht breekt een nieuwe fase aan in het verloop van deze dag; niet langer stellen wij ons tevreden met het licht uit het heelal. Deze lampen kan men geen waakvlam meer noemen. Kunstlicht handhaaft de orde van de kamer nu het intredend donker de zichtbare vorm van onszelf en van het meubilair vervaagt. Vervuld van praktische bedoelingen heb je het licht aangestoken Deniak. Maar tegen al wie meent dat het kunstlicht ons nader tot elkaar brengt zeg ik: het zondert ons af. Ik drink op uw aller onzichtbare gedaante.’ Hij lachte. ‘Ik drink mezelf moed in om me van uw macht te ontdoen. Zo nodig neem ik de vrijheid u als mijn tegenstanders te zien.’ Jeanne Nimband miste de aansluiting. ‘Hij zegt dat je beter het licht uit kunt laten.’ ‘En die tegenstanders?’ ‘Dat zijn wij.’ ‘Waarom?’ ‘Omdat het licht nu aan is.' Heldere antwoorden van Been. Nimband nam zijn vrouw mee naar de hal waar Kumula walsmuziek speelde. 'De schoolklas,' liet Agnese zich ontvallen. Leon Koperding sprak hem aan. 'Majesteit, u gaat mij toch niet als een tegenstander opvatten, ik ben niet gekomen om u te benadelen.'

Albert, Elsa en Leon namen hun oude plaatsen in. Wolfgang was druk in de weer, hij had zijn territorium verlegd. Van achter de rugleuning van de tweezitsbank leverde hij zijn bijdrage: Die Zulässigkeit der Dunkelheit, des Dunkels nicht im Frage.

Agnese nam de draad weer op. 'Wij bevinden ons in het verlaten paleis. Emilia komt solliciteren als wasvrouw, want wie moest mijn was doen, wij bekeken alle vanzelfsprekendheden met argwaan. Zij stelde zich voor, Lisette van der Sluis. Zij had gehoord dat ik een wasvrouw zocht. We bespraken het werk, de wenselijkheid van het wassen van kleding en de manier waarop dat moet plaatsvinden, een wasmachine mocht er niet aan te pas komen. Zij bracht me aan het verstand dat eenieder het beste zijn eigen kleren kon wassen met borstel en zeep. Omdat toen haar sollicitatie overbodig werd haalde ik haar over nog wat te blijven; de kans om thuis met een wasvrouw te praten doet zich maar zelden voor. Ik stelde haar allerlei vragen. Waar lette zij op als zij schoenen kocht, zij deed immers veel staand werk. Keek zij vaak in etalages van schoenzaken, moesten haar schoenen waterdicht zijn, droeg zij thuis sloffen? Het woord "sloffen" beviel haar niet, zij sprak bij voorkeur van muiltjes. Even later zaten we gekke gezichten te trekken en bootsten we de stemmen na van schoenen en pantoffels.'

'Die eigenaardige manieren van doen brachten mij in de war,' zei Emilia. Ze stond bij de serveertafel in haar koffie te roeren. 'Ik wist niet wat mij overkwam. Zwart theater heb ik het genoemd. Het heeft me beangstigd dat er maar twee personen waren, Zijne Koninklijke Hoogheid en ik. Ik raakte betrokken bij vreemde inwijdingen. Ik kon niet meer bij mezelf te rade gaan. Tegelijkertijd was ik bang dat ik belangrijke ervaringen mis zou lopen als ik me eigenwijs ging gedragen; ik wilde alles meemaken. Ik verloor uit het oog dat je in een dienstbetrekking baas over jezelf moet blijven, ik beet niet van me af, ik durfde niet kwaad te worden op mijn meester. Ik trok me terug in mijn eigen afdeling, sloot de deur af en kwam pas te voorschijn als ik werd geroepen.' Ze ging naast Victor zitten. Leon keek haar lang aan. 'Eleonora is in die tijd een steun voor mij geweest. Zij weet dat ik niets uit mijn duim zuig. De kranten schreven toen al dat Zijne Koninklijke Hoogheid overspannen was. Ik wist me geen raad.'

Eleonora nam het over, 'In die tijd, ruim drie jaar geleden, schreef een gezaghebbend dagblad dat het verstandig zou zijn Agnese de Iste onder te brengen in de Rijks Psychiatrische Inrichting. Zwart op wit stond er: Zijne Majesteit heeft nog geen gebruikgemaakt van de koninklijke loge die hem ter beschikking staat als hij zich van zijn zware verantwoordelijkheden wil ontdoen. In hetzelfde blad had de hoofdredacteur er al vaker voor gepleit Zijne Majesteit de paleisexperimenten te laten voortzetten onder toezicht van dr. Hall, directeur van de R.P.I., opdat er niets verloren zou gaan van de inzichten en de bezigheden die hij koesterde.'

Agnese stemde in, 'Ik voelde me gesterkt door het vleugje erkenning dat in het commentaar doorklonk.'

'Toen ik vertrok bleef Zijne Majesteit alleen achter in het paleis maar dat mocht mij geen zorg zijn. De voorraad voedsel was groot genoeg, ik moest aan mezelf denken.' Emilia zweeg. Agnese knikte instemmend. 'Er viel een stilte in de gangen en zalen van het paleis, stilte die ik gewaarwerd als een geschenk. Geen bemoeiallen meer, niemand die mij lastigviel. Ik liep op kousenvoeten om de stilte niet te verbreken.' Victor onderbrak hem.

'Dat is allemaal mooi en wel broeder, maar voorop staat dat je weigerde in zedelijk opzicht een voorbeeld te zijn voor de bevolking. Aftreden was de enig juiste handeling geweest.'

'Aftreden was niet meer mogelijk,' beet Agnese hem toe, 'ik bevond mij op het slagveld, ik mocht mij niet onttrekken aan de omstandigheden die ik zelf in het leven had geroepen. Keer op keer overkwam het me dat ik het belachelijk vond om in een stoel te zitten, in een houten constructie, gekeerd naar andere houten constructies, tafels en stoelen genaamd. En dat terwijl ik alleen was! Terwijl het niet hoefde. Het drong tot me door dat ik alleen had willen zijn om niet meer in zulke houdingen verzeild te raken en naar eigen believen de inrichting van de vertrekken te kunnen diskwalificeren. De belachelijkheid die ik bij het zitten in een clubfauteuil gewaarwerd kon obsessionele vormen aannemen. Ik moest en zou me losmaken uit de omstandigheden waarin de cultuur me gelokt had. Ik moest mezelf moed inspreken om te blijven weten dat het een obsessie waard was. Het aannemen van de zithouding betekende instemming, lijfelijke instemming met de brute en schaamteloze verguizing van het koninkrijk. Liever dan thuis op een sofa zat ik neer aan de oever van een vervuilde rivier. Maar ik trok niet de heuvels in om daar mijn tranen de vrije loop te laten; ik wist dat ik nog niet over mijn tranen kon beschikken, hoe droevig het ook was. Ik bleef in het paleis. Ik wilde weten wat mij te doen stond te midden van de spullen, de duizenden spullen die ik in mijn omgeving aantrof. Ik doorzag hun nut en de bedoeling waarmee zij waren losgelaten op de plaats waar zij stonden. Mijn leven speelde zich af in een trukendoos: alles stond klaar, van voorraadkast tot vatenkwast.' Agnese nam een slok cognac. Niemand viel hem in de rede. 'Twee mogelijkheden bleven mij over: ik kon terugleunen in mijn stoel als iemand die besluit een ruim gebruik van zijn gerieflijk zittende clubfauteuil te maken, zoniet dan moest ik opstaan. Mocht ik nog wel ooit van stoelen gebruikmaken? En van schoenen? Deugden mijn schoenen wel? En wat het vloerkleed aanging, kon ik een vloerkleed onder mijn voeten verdragen, een vaste vloerbedekking waar ik niet af kwam... Ik gaf de voorkeur aan de tuin. Ik slenterde over de paden, dacht na en besloot de plaatsing van meubels en huisraad niet noemenswaard te veranderen. Ik had geen zin me in te spannen om de vertrekken opnieuw in te richten. Ik vatte mijn verblijf op als een dependance van de buitenlucht, een tent die bescherming en afzondering bood. Ik mocht mij niet laten inpalmen door de gedaantes van muren, deuren, kasten en de verdere santenkraam. Ik moest onafhankelijk blijven, zoals een gezant die uitgestuurd wordt om te onderhandelen tevoren moet leren zich niet te laten imponeren door de omgeving waarin de onderhandelingen zich afspelen. Dagen van treuzelen braken aan. Ik maakte vrijwel geen gebruik van stoelen. Nog niet gaan zitten, niet daar gaan zitten, nog bij het raam staan, al bij het raam staan, er deden zich veel mogelijkheden voor. In het bijhuis vond ik een opblaasboot die ik in de kamer oppompte. Die boot werd mijn geliefde plaats: ik dacht aan Odysseus zoals De Chirico hem geschilderd heeft. Ik begon te tekenen. Ik tekende tronen, scepters en koningen, zij voeren over zee. Wat zij daar deden wist ik niet, ik moest geduld hebben. Ik besefte dat schilders mij de platen konden leveren waarop de gedaantes stonden afgebeeld die ik graag zou binnenlaten in mijn bekommerde wereld. Ik fantaseerde een bediende op stelten die voorleest uit Tacitus, een kijvend personage dat vervaarlijk met een stok zwaait en een theeglas uit mijn handen slaat dat ik op de schoorsteen wil zetten om het voor breken te behoeden. Scherven. Toezwevende theebladen. Dagenlang droeg ik een donker kostuum en wit overhemd. Ik formuleerde mijn gedachten en voelde me uitgeleverd aan de taal zoals ik ook aan de spullen ten prooi was gevallen. De spullen lokten mijn bewegingen uit en de taal hield de syntaxis klaar waarmee ik mijn bezigheden van een betekenis voorzag. Onderwerpen en werkwoorden verslingerden zich aan voorwerpen. Vaak was ik zelf onderwerp en werkwoord ineen. En welke bijwoorden moest ik eerlijkheidshalve aan de werkwoorden toevoegen om hun betekenis te verbijzonderen? Liep ik graag op kousenvoeten? Liep ik onderdanig, angstig, belust? Onderdanig liep ik van de kamer naar de gang. Ik sloeg niet als een kwajongen, met een stok tegen de muren, ik schopte niet tegen de deuren; kalk en verf waren daar niet tegen bestand. Ik begon opzettelijk de opkomst van woorden te stagneren om nog tijdens het formuleren aan mijn uitgebalanceerde zinnen een andere wending te kunnen geven voor ik ze voltooide. Het gevoel opgewassen te zijn tegen de eisen die de taal stelt moest ik aantasten, pas dan zou ik haar onpersoonlijke gedachtevormende kracht kunnen betrappen. Ik wilde mijn werkelijkheidsbesef niet aan de syntaxis ontlenen; de zelfvoltooiende kracht van taalzinnen drong mij een schijnbare werkelijkheid op. De taal in zijn eigenwaan liet zich weinig gelegen liggen aan mijn gevoelens en kwam aanzetten met woorden als *omdat*, *opdat*, en *want*, die de gedachten in het nauw drijven en de gewaarwording der zintuigen minimaliseren. Ik liet mijn stem galmen in de gangen en het trappenhuis en luisterde naar de uitstervende klank. Praten, reciteren en zingen gingen in elkaar over. Zingend bracht ik de grootst mogelijke onzin voort omdat ik de lust van het zingen en de voortgang van de tekst boven de betekenis stelde. Ik had plezier in woorden van eigen maaksel. Zo had de uitroep Vassillon Betraya een versterkende werking op mijn gemoed. Wat de klanken betekenden stond niet vast; soms kwam er een voorstelling van een tempel bij me op maar ik kon er ook mezelf mee uitnodigen de afbeeldingen, platen en schilderijen in de gangen en zalen van het paleis nauwkeuriger te bekijken. Weer een andere keer klonk dezelfde uitdrukking me in de oren als de naam van een schip.

Ik had belangstelling opgevat voor een reproductie van een schilderij van Jan van Eyck, de madonna van de kanunnik Van der Paele. Jan van Eyck, de uitvinder van de olieverf, was er als eerste in geslaagd om aan goud, edelstenen, glas en borduursels een waarachtige glans te verlenen. Zijn madonna draagt een lange rode mantel van stevige stof. De mantel ligt wijd uitgespreid over de loper die naar de troon leidt waar zij op zit. Bij het lopen zal zij haar kleding hoog op moeten tillen om haar voeten bewegingsvrijheid te geven. Met dat kind op haar arm komt zij niet weg, haar kledij is niet op lopen gemaakt. Als een voorkeursmoeder zit zij op een met stof beklede houten troon, plantenmotieven op een blauw baldakijn tooien haar zitplaats. Haar slanke hand raakt ter hoogte van haar borst én een papegaai én de hand van haar kind die een stengel van een bloem omknelt. Kind en papegaai kijken naar een verschijning, naar iets dat hun ongeloofwaardig voorkomt. Op de voorgrond lijkt een geharnaste ridder iets te zeggen, zijn mond staat open en hij tilt zijn helm van zijn hoofd. Zijn andere arm maakt een gebaar naar het gezelschap terwijl hij er tegelijkertijd een vlaggenstok mee tegen zich aandrukt. Hij verontschuldigt zich dat hij per ongeluk de verkeerde deur heeft genomen en nu de edelen zeer tegen zijn zin betrapt op een morbide samenscholing met de moeder en maagd. Verstoord kijkt de dikke kanunnik op uit zijn boek. Vijf eeuwen geleden waren boeken schaars; het lezen van de tekst die hij voor dit moment suprême heeft uitgekozen is wreed onderbroken. De ridder betuigt zijn spijt dat hij hen stoort, maar nu hij daar toch staat wil hij van de gelegenheid gebruikmaken om zijn gram te halen: het moet maar eens afgelopen zijn met die praalhanzerij. Bits zegt hij: Vadsigheid lijkt hier de scepter te zwaaien. Zie mijn harnas en mijn vlag, zij tonen dat ik niet alleen sta, ik spreek namens tallozen. U doet er goed aan mijn woorden ter harte te nemen. Ik begrijp dat de heren verslaafd zijn aan dit soort literaire bijeenkomsten, maar buiten wacht het volk op goede raad. Als de heren nu een boodschap meegeven, een wachtwoord...

Het naakte kind kijkt gefascineerd en wil mee met de ridder, maar moeder kan niet lopen of zij moet haar mantel achterlaten op de troon. De kanunnik denkt na. Zijn boek kan hem daar niet bij helpen, hij kijkt in de verte: Deze ridder heeft geen respect voor zijn devotie, daar moet verandering in komen. Zonder de ridder aan te kijken zegt hij: Devotie is het wachtwoord.'

Agnese zuchtte. Hij proefde van de cognac en veegde zijn mond af. 'Ook de anachronie van de plaat stemde me blij. Kanunnik, bisschop en moeder behoren tot tijdperken die eeuwen uit elkaar liggen. De bisschop, Donatius, aan de andere kant van de troon, draagt een mantel die pas duizend jaar na zijn dood gemaakt zal worden. Op een wiel dat hij plat voor zich uit houdt staan vijf brandende kaarsen. Hij brengt licht mee; hij chaperonneert de bijeenkomst en bekrachtigt haar met zijn waardigheid terwijl hij stuurs voor zich uit kijkt. Hij laat zich niet in met verwende kanunniken en geharnaste bodes. Nóg zoekt van der Paele wanhopig naar een wachtwoord. Hij is vergeten dat hij er al een heeft afgegeven. Waar kan hij een wachtwoord vandaan halen, boek en bril baten niet. Hij zoekt naar een glans van het eeuwige licht, hij wil niet gestoord worden. Ophoepelen is de boodschap. De troon en de houten madonna, het kinderlijf dat op een kruik lijkt, de uitgestalde ridder in wapenrusting en de bisschoppelijke kaarsenstandaard zijn attributen in zijn devotiekapel. Hij heeft zijn voorkeursvertrek op een vrijpostige manier ingericht en wil met rust gelaten worden.' Agnese sloeg zijn handen voor zijn gezicht. 'Het wordt tijd dat ik me ga verkleden.' Daarmee gaf hij te kennen dat hij de laatste voorbereidingen ging treffen voor zijn oratio. Bij de deur draaide hij zich om. Een onbehaaglijk gevoel verhinderde hem het vertrek te verlaten. Hij wilde een statement achterlaten, hij wilde voorkomen dat zijn verhaal over Van der Paele als de zoveelste mededeling van een warhoofd verloren zou gaan. En plotseling wist hij dat hij zijn ware opvatting, de schok die het schilderij in hem had veroorzaakt, niet onder woorden had gebracht. Hij voelde de woorden in zich opkomen en opgetogen sprak hij ze uit. 'De man die uit zijn overpeinzingen werd opgeschrikt gaf er de voorkeur aan dat ogenblik te laten schilderen door de meester van de glans.'

7

Oefening van weerzin

Geroezemoes en stemmen in de tuin weerhielden hem ervan uit het raam van zijn slaapkamer naar buiten te leunen. In de dependance brandde licht. Hij sloot het raam, maakte zijn broekzakken leeg, wisselde van kleren, de smoking die hij voor zichzelf had klaargelegd, een wit overhemd, zwarte foulard, gele schoenen. Hij stak zijn portefeuille bij zich, zijn sleutels, zakmes en zakdoek. Hij streek zijn haar naar achter, onderwierp zijn gezicht aan een keurende blik in de spiegel, hoorde zichzelf 'niet keuren' zeggen, draaide zijn hoofd naar links en naar rechts en ontblootte zijn tanden. Hij verheugde zich op een wandeling in de achtertuin nu zijn gasten de tijd namen om naar buiten te gaan en de schemering van dichtbij mee te maken. Akelig kraakte het grind onder de leren zolen van zijn lakschoenen. Kon hij maar vergeten dat hij het woord ging voeren tot een klein en geduldig publiek dat hem niet in de steek liet. Wat hij ging zeggen was ongetwijfeld bekend aan zijn gehoor, maar het belang van die kennis ontging hen, zij wisten er weinig mee aan te vangen. Hij liep terug naar de bijkeuken en verwisselde zijn schoenen voor zwarte tuinlaarzen. Zijn passen verruimden zich. Verder dan het tuinhek kon hij niet gaan, hij mocht het terrein niet verlaten, hij ging het-woord-voeren. De uitdrukking zinde hem niet, het ging niet om 'het woord', het ging om zeggen. Hij kon iets zeggen als het erop aankwam. Er kwam een lach op zijn gezicht; niet het-woord-voeren, maar zeggen. Uitzeggen wat hij te zeggen had, ...als hij maar op zijn woorden zou komen. Hij herinnerde zich overtrokken uitspraken, gedaan ten overstaan van Helevis. Ik ben degene die tegen meubels en huisraad ten strijde trekt, had hij gezegd, ook al stroken de opvattingen die ik over de spullen ten beste geef niet met de inrichting van mijn vertrekken; ik wantrouw de spullen en maak er ruim gebruik van. Ik ban de corpi delicti niet uit, integendeel, hun aanwezigheid stelt mij in staat verder door te dringen in de onttakeling van hun raadselachtige macht. Dat had hij gezegd. De raadsels trokken hem aan. Wat deed hij om niet ten prooi te vallen aan de dwingelandij van meubels en huisraad? Hun macht opsporen en te kijk zetten. Waarom was dat werk blijven liggen, waarom had niemand er zich mee ingelaten? Voorts had hij Helevis een brief geschreven over het kunstlicht en de algemeen gangbare minachting voor de duisternis. Wilde hij de gevolgen van die minachting achterhalen dan moest hij zelf de duisternis respecteren, en toch verzette hij zich tegen het duister. De keren dat hij zichzelf verbood het licht aan te steken had hij een lichte tegenzin gevoeld en zich erop betrapt dat zijn verhouding met het donker er nog een was van een verbod op het licht, al was het uur van de schemering, waarin de voorwerpen hun scherpe contouren verloren en samensmolten tot donkere volumes, hem lief. De nauwgezetheid waarmee de dingen lieten weten dat zij een naam hadden werd door de schemering tenietgedaan. Het donker onttroonde de ogen.

Het woord “onttronen” voerde hem mee. Kon een koning die in het donker op zijn troon zat aan die positie nog waardigheid ontlenen? In de metafoor werden alleen de ogen onttroond; de tast en het gehoor namen de leiding over. Moest hij daar melding van maken? Hij bewoog zijn handen losjes heen en weer vanuit de pols, zwaaide zijn armen beide naar voren en naar achter en belandde in koninklijke bezigheden, traag lopen, zwaarte voelen, grote passen maken, wijdbeens lopen, de handen op de rug houden, het bovenlichaam laten overhellen, om niet te vallen een reddende stap zetten. Hij werd geroepen. Deniak meldde dat hij de ambtenaren en hun dames naar de dependance had verwezen. Rita en Steven Schans hadden zich bij hen aangesloten. Mocht hij Agnese voorgaan naar de salon waar het gezelschap bijeenzat in afwachting van de voordracht die hij in het vooruitzicht had gesteld? Zwijgend volgde hij Deniak. In de hal pakte hij zijn ebbenhouten wandelstok met zilveren knop uit de paraplubak. Hij hield zijn ogen gesloten toen hij de salon binnenging. Tastend naar obstakels bereikte hij zijn stoel.

'Het is mijn wens u niet te zien. Het is mijn wens gebruik te maken van een kledingstuk dat sinds mensenheugenis bekend is en dat ik onlangs aan mijn garderobe heb toegevoegd.' Hij keerde zich naar de muur, maakte zijn foulard los en knoopte hem als een blinddoek voor zijn ogen. 'De blinddoek voorkomt dat ik word afgeleid door uw gezichten. Uw ogen raken mij niet, uw gelaatstrekken ontgaan mij, in de blikken die u onderling wisselt hoeft u met mij geen rekening te houden. Ik ontdoe mij van het zichtbare interieur.'

Met beide handen hield hij de rugleuning vast van de stoel die voor hem klaarstond. 'De man die in deze stoel kan gaan zitten en dat zal doen zodra hij erop vertrouwt dat hij daar zittend nog op zijn woorden kan komen spreekt tot u. Om woorden zit hij niet verlegen maar voor de uitspraken die hij wenst te doen is zitten funest.' Agnese viste een potlood uit de binnenzak van zijn smokingjas en klemde het ter hoogte van zijn oor onder zijn hoofdtooi. Het potlood stond als een hoorntje naar voren.

'Sinds jaar en dag ben ik omgeven door tafels, stoelen en kasten en onderga ik de macht van hun uiterlijk vertoon. Ik moet oppassen, de meubels springen in mijn gezicht en geholpen door mijn hand zwaaien de kasten met hun vleugels. Wreed lacht hun glans.

De tafels, de kasten en de stoelen houden hun eigen

plaats bezet; het lukt mij niet hun bewind ten val te brengen: het meubilair vertegenwoordigt een eeuwenoud gezag.

Telkens weer vragen de meubels mij hun zijde te kiezen.

Maar een duister personage in mij fluistert: laat je niet kisten Agnese, welke onheilbrengende winkelier nam jouw vertrekken als toonzaal in gebruik? Meubels zijn je graf!

Het personage eigent zich mijn persoonlijk voornaamwoord toe, het voelt zich miskend in de gekunstelde omgeving van mijn dagverblijf en dringt zich op als een ik.

Het attaqueert de naamdrager Agnese-in-zijn-goed-gemeubileerde-vertrekken, spuwt hem in zijn gezicht en probeert hem zijn naam te ontfutselen. Beiden roepen zij hard en doordringend: ik, ik, ik. De naamdrager wijkt uit. Hij zoekt een heenkomen bij stoelpoten en zittingen, bij vloerkleden en plinten. Hij houdt zich schuil als een schatbewaarder tijdens een overval.

Wie heeft nog niet muisstil de kamer verlaten... Misschien staan er enkel nog warme schoenen op de vloer en spreek ik tot schoenen. Ik hoor een stoel verschuiven. Er van uitgaan dat meubels uitkomst bieden is een wanhoopsdaad.

Wat mijn hoofdkwartier betreft stel ik vast dat de meubilering ter plaatse door mijzelf is geselecteerd. De met leer beklede buisijzeren stoel toont mij de macht van de inwoners over ijzer en leer tot in de mijnschachten en abbatoirs. Dwangmatig proclameert hij alle ellendige arbeid die aan zijn vervaardiging heeft bijgedragen. Erin zitten maakt mij medeplichtig.' Hij deed een stap terug

'Neem het dressoir,' Agnese sloeg de manchetten van zijn smokingjas om, 'al gauw wordt het de behuizing van een voorouder die de slaap niet kan vatten en blij is met een onderkomen in de woonkamer zodat hij niet afgezonderd in een koude slaapkamer in het ziekbed hoeft te liggen. Een handige oudoom die destijds kans heeft gezien de schoonheid met het nut te verenigen. Mon oncle dressoir heeft een zwak voor kostbaar serviesgoed en verzoekt mij stijlvol mijn dorst te lessen. Ik word aangespoord de vormelijkheid in acht te nemen, ik, zijn dienstknecht Agnese.

Zie mijn smokingjas,' hij zwaaide met de jaspanden alsof het deurtjes waren, 'hij sluit aan bij de kast. Mijn vest sluit aan bij het dressoir en mijn broek bij de stoelen. De kast imiteert mijn jas, het dressoir imiteert mijn vest. Broekspijpen en stoelpoten zoeken elkaars nabijheid.

Imiteert, heb ik gezegd en ik kan nog andere werkwoorden voegen tussen mijn smoking en de kast, tussen mijn broek en de stoel; mijn smoking hangt in de kast, mijn broek ligt op de stoel. Mijn jas heeft panden, mijn broek een zitvlak, mijn jas heeft geen lades, mijn broek geen leuning.

Ik die tussen deze meubels woon, moet ik mijzelf een salonkoning noemen? Een koning die het bewind voert over het groteske aanbod van meubels en huisraad? De salonkoning doorziet de opzet en stelt alsnog een onderzoek in naar de geheime diensten door meubels en huisraad verleend. Weerzin en achterdocht hebben hem op het spoor gebracht.

Er is sprake van diefstal. Handvatten en oren, knoppen, leuningen, zittingen en tafelbladen stelen zijn gebaren. In uren van afzondering weet hij zich te redden maar in aanwezigheid van vrienden en getrouwen ondergaat hij zijn verblijf als een vernedering. Zijn laarzen sterken hem.

Mon oncle dressoir, ik zal u in doeken wikkelen en naar de stookplaats slepen. Zwartgeblakerd zullen koppen en schotels, schalen, en glazen, kandelaars, scharnieren, schroeven en sloten in de grijze as liggen.'

Er klonken stemmen in de tuin. Waar ben je? De stem van Nimband. Antwoord bleef uit. Nimband zette een aria in. Nog deze middag had hij met Rita het operafragment doorgenomen, ...umsonst nicht fragen, ich möchte bei dir sein, kann ...voetstappen, gerèn. Geluid van glazen die werden neergezet, geschraap, Agnese wachtte. Hij bleef achter zijn stoel staan, een hand op de rugleuning.

'Het besef dat ik mijn leven lang wel erg mijn best gedaan heb laat mij niet los.

In mijn meegaandheid beteugelde ik mijn weerzin die zich schuilhoudt in de ontoegankelijke moerassen van mijn gemoed.

Door zich te camoufleren is mijn weerzin erin geslaagd aan mijn soldaten te ontkomen.

Toen ik erop uit ging om hem te zoeken heeft hij zich bekendgemaakt als een edelmoedige gids die de doven wenkt en bij de blinden aanklopt, als een waker en een hoeder, als schenker van verloren gewaande tijd.'

Agnese kondigde een oefening van weerzin aan, maar Deniak onderbrak hem. 'Ik zit met tegenzin te luisteren, ik doe mijn best, ik hoop dat we...'

'Wees enkel getuige van mijn oefening.'

'Waarom de weerzin geproclameerd? Ik blameer mij door te doen alsof het mij niet aangaat. En die blinddoek komt me ook overdreven voor.'

'Houd je mond Deniak, ik wil die oefening in weerzin horen.' Dat was Albert. 'Wie de weerzin in bescherming neemt experimenteert in de hogeschool van de individualiteit.'

Agnese bukte naar voren, zijn onderarmen steunden op zijn bovenbenen. Verborgen achter de stoelleuning reciteerde hij, 'Weerzin, weerhoudende kracht, ik stel mijn vertrouwen in je komst. Nog ken ik het gebied niet waarvoor je mij beschikbaar wilt houden. Spreek.'

Deniak duurde de stilte te lang. 'Wat zegt de weerzin?'

'Hij neemt me mee naar buiten en wijst me op de schoorsteen, op het dak, de grijsblauwe pannen, de goten en afvoerpijpen, de raamkozijnen en voordeur. Hij klopt op de muren en grinnikt: kijk broeder, aan de buitenkant hebben de brandende zon, de striemende regen en de bulderende wind het laatste woord maar binnen is het om te huilen. Martelkamers, geef dat maar toe. De inrichting van de vertrekken proclameert de opvattingen die haar voortbrengen, pratend doe je mee.'

'Mag ik de voordracht als geëindigd beschouwen?' Weer was het Deniak.

‘Nee, nee, op een dag werd er gebeld. Ik deed open. Een man van mijn postuur diende zich aan als gids onder de naam Weerzin. Hij had een lat bij zich en wist handig de voordeur uit zijn hengsels te lichten toen ik even niet oplette. Wat meer buitenlucht kan hier geen kwaad, beweerde hij. Ik zei: blijf nog even, want alleen krijg ik die deur niet in zijn hengsels. Ik maakte me zorgen over die deur, een stommiteit van jewelste. Ik was nog niet uitgesproken of hij ging er vandoor. Ik had hem nog mee willen nemen naar de badkamer, het solide vertrek waar het blote lijf een wasbeurt krijgt. Meubels komen er niet aan te pas, een bassin, kranen voor koud en warm water, handdoek en zeep, en een afvoer. Op de achtergrond grijnzen de nutsbedrijven en de sanitairfabrieken.

Ik ga u voor naar de badkamer, de badkamer kan opheldering verschaffen. Het gebeurt maar al te vaak dat ik ’s morgens met tegenzin naar de badkamer loop en onderweg omkeer. Dan was ik me niet of maak enkel mijn gezicht en mijn haren nat aan de kraan in de keuken. Welgemoed aantreden aan het begin van de dag ligt mij niet. Wil ik in het dagbegin mijn gevoeligheid voor kleur en licht bewaren dan moeten water en zeep achterwege blijven. De porceleinen wastafel en de geëmailleerde badkuip staan me tegen, hun gapende ruimte treft mij met onbeholpenheid. De vloer is glad. Het chroom van kranen en douchekop blinkt wreed. In die harde alle geluiden weerkaatsende kamer moet ik mezelf verzorgen. De badkamer is niet genegen mij op te nemen. Mijn lichaam steekt schril af, ik krijg een groteske onbeholpenheid. Kwetsbaar en hulpbehoevend zit ik in de ijzeren kuip. Uit zelfbehoud maak ik borrelgeluiden, mijn mond vlak aan het wateroppervlak, of laat ik het water golven.

De badmat moet mij voor uitglijden behoeden. De badkamer lijkt wel een behandelkamer. Hij proclameert de minachting voor het lichaam. Alles staat er in het teken van hygiënische aanpak en zelfbediening. De hygiënische aanpak brengt een scheiding tot stand tussen mijzelf en de vloer. En niet alleen daar. Wekelijks wordt mijn omgeving aan een inspectie onderworpen; met zepen, borstels en dweilen verklaart een schoonmaakster de oorlog aan mijn interieur. De biotoop wordt van zijn vijanden ontdaan.

Ik heb gezegd, maar denk niet dat ik het hierbij laat. Reken maar dat ik gebruikmaak van jullie onmisbare aanwezigheid.'

Hij vond zijn stok terug en liep op de tast naar de hal.

8

Een afkoopsom

Door zich terug te trekken bood Agnese zijn gasten de gelegenheid zich onbevangen over zijn toespraak uit te laten. Begrepen zij waar hij zich mee inliet? Op zijn slaapkamer ging hij op de grond voor zijn bed zitten. Toespraak gedaan, half verstaan. Hij drukte zijn handen tegen zijn gezicht. Vlagen voldoening mengden zich met een traag gevoel dat zich in hem genesteld had, een gevoel tekort te schieten; hij zag de man die zijn naam droeg geblinddoekt een monoloog uitspreken Zijn toehoorders lieten zich niet inpalmen. Zij gaven elkaar tekens en wezen op hun voorhoofd bij uitspraken die hen onzinnig voorkwamen. Bela Belinfante kon het niet voor hem opnemen. Haar brief stak in zijn binnenzak maar hij had hem niet voorgelezen. Haar echtgenoot maakte een reis naar het Verre Oosten en de dagen van ongemoeid leven die zij doormaakte mocht zij onder geen voorwaarde opsplitsen in dagen voor en dagen na de reünie. De mededeling dat zij niet van de partij zou zijn had haar een gevoel van opluchting gegeven. Agnese pakte de brief en las: Ik voel geen enkel verlangen anderen te betrekken in het enige dat mij begerenswaardig voorkomt: schoonheid. Pas in schoonheid zal ik de golflengtes kunnen ontvangen die door het grondstation worden uitgezonden. In de goede volgorde moet ik een aantal plaatsen bezoeken. Welke plaatsen het zijn weet ik nog niet, maar ik moet mij beschikbaar houden. Het ontluiken van mijn ontvankelijkheid mag niet door mijzelf gedwarsboomd worden. Graag zou ik in jouw gezelschap een bezoek brengen aan een dierentuin. Mijn belangstelling gaat uit naar de pinguïns. Ik zie verlangend uit naar je toezegging. Je toegenegen Bela Belinfante. Postscriptum, nogmaals, heb begrip voor mijn afwezigheid, het banket legt toch al keer op keer beslag op mijn verbeelding, maar in de kring van vrienden breng ik mijn mening niet naar voren om twistgesprekken te vermijden. Bovendien maakt drank mij eigenzinnig en naarmate de avond vordert gebruik ik steeds vaker het woordje "eigenlijk". B.

Hij stopte de brief terug in zijn smokingjas. Niet zonder weerzin keek hij naar de behaarde kluizenaar op de kleine icoon naast de deur. De baard beviel hem niet. De baard ontnam aan kin en wangen de jeugdigheid die in deze woestijnbewoner nog niet gestorven was. In de cel met donkere wanden die hij bewoonde hield hij manmoedig een penseel in de hand. Schilderen behoorde tot zijn dagelijkse bezigheden al kwam het maken van schilderijen hem voor als een ongeoorloofde daad. Ook het vervaardigen van miniaturen en iconen vereiste een onneembaar besluit maar met een penseel verf aanbrengen op de muren van zijn cel hoefde hij zich niet te ontzeggen. De woestijnbewoner. Hiëroglieves is zijn naam.

Van geroezemoes beneden was niets te horen, er werd niet met deuren geslagen, de muziek zweeg. Agnese ontdeed zich van zijn laarzen, van zijn kousen en ging met zijn vingers de ruimtes tussen zijn tenen na. Hij dacht aan de vanzelfsprekendheid waarmee hij naar zijn nachtkantoor gegaan was. Bij het binnenkomen had hij op de tast het licht aangestoken, daarna had hij zijn blinddoek achteloos op het bed geworpen als een theaterman die zijn rol gespeeld heeft en terugkeert in de kleedkamer. Hij hoorde voetstappen op de overloop, hoge hakken naderden en hielden stil voor zijn deur. De deur werd zonder kloppen van buitenaf geopend. Emilia diende zich aan, twee cognacglazen in de linkerhand. Zij vroeg toestemming om binnen te komen, bukte zich naar een koffertje dat zij naast de deur op de grond had gezet en verschafte zich toegang. Agnese zag veranderingen, opgestoken haar, een medaillon aan een kettinkje om haar hals, een metaalkleurige armband als een handboei om haar pols.

'De gevangene krijgt leeftocht uit de handen van de cipier die de verlokkingen van de buitenwereld vertegenwoordigt,' zei Emilia koel, 'maar de cipier weet niet hoe het gesprek te beginnen. Zij is bang door een verkeerde aanhef de veroordeelde van zich af te stoten terwijl zij hem graag liefderijk zou bejegenen in zijn laatste minuten.' Agnese ontwaarde een kleine verchroomde revolver in haar rechterhand. Zij zette de cognacglazen op de tafel bij het raam zonder Agnese uit het oog te verliezen. Dit vermaledijde huis wordt bevolkt door boze geesten! Waar kan ik een paar woorden tegen je zeggen zonder dat de honden beginnen te blaffen.' Zij hield haar revolver op de grond gericht. 'Ik heb naar dit ogenblik uitgezien. Al dagen zoek ik naar woorden die hier gesproken moeten worden.'

Agnese kroop naar de tafel, nam zijn glas en dronk. Hij had geen zin Emilia alsnog aan woorden te helpen.

'De opvoeding van mijn kind laat te wensen over. Ik heb niemand om voor het kind te zorgen. Het gaat om geld.'

'Ben je gestuurd?'

'Ik handel zelfstandig. Ik kom niet met een verzoek, dit is een eis.' Het damespistool bleef onveranderd op de grond gericht.

Agnese maakte zijn broekzakken leeg. Hij trok zijn kostuum uit, hing het over de stoel en schoot zijn kamerjas aan. Een afkoopsom voor leugens die door haar in omloop zijn gebracht, stom, hij had haar bij haar vertek een zwijggeld moeten aanbieden, een gouden handdruk. Alles wat zij over haar tijd aan het hof te berde zou brengen bezat nieuwswaarde, leugen of waarheid, het maakte geen verschil. Een gewezen hofdame die verzinsels verkoopt aan een krant wakkert de nieuwsgierigheid aan want in paleizen waar de hofdames liegen daar speelt zich wat af.

'Neem genoegen met dit kleine schilderij Emilia.' Hij

wees op de icoon naast de deur. 'Ik heb het geld toch niet in huis en laten we er geen slepende zaak van maken. Neem dit tableau dan is alles in een keer afgehandeld.' Hij wachtte en omdat zij zweeg ging hij verder. 'Het lijkt me een goed voorstel. Je hebt wel iets extra's verdiend, hoewel...' Terwijl hij nog praattte maakte Emilia haar koffertje open, nam het schilderij al van de muur, vouwde er een krant omheen en borg het pakje weg.

'Moet ik begrijpen dat je optreden geen andere bedoeling heeft dan het vrijkopen van jezelf uit je Griekse ballingschap? Dat een respectabel verlangen je naar Neergoed drijft? Is de toneelcritica weer toneelspeelster geworden? Eerst heb je de koningsdrama's bestudeerd om zicht te krijgen op ontwikkelingen aan het hof, daarna breng je de lessen in praktijk.' Hij strekte een arm naar haar uit en als het ware werktuiglijk kwam zij naar hem toe.

'Ik hoop dat je mijn handelwijze niet afkeurt,' haar stem klonk schuchter.

'Dat wapentuig heb je nu niet meer nodig.' Zo'n raar revolvertje had hij nooit gezien. Er zaten vijf kogeltjes in maar het was de vraag of je er een kraai mee kon doodschieten. Agnese liet het ding in de zijzak van zijn smokingjas glijden.

'Dit was de enige weg die ik kon gaan! Op een dag wist ik dat ik hier mijn achterstallig loon moest gaan ophalen en het ligt voor de hand dat ik deze dag heb uitgekozen. Achterstallig loon voor buitenissige bezigheden, ...ik schaam mij niet.' Zij sloeg haar armen om zijn hals. 'Ik was bang dat ik me als een indringster zou moeten gedragen.'

Terwijl hij haar armen losmaakte zei Agnese, 'Je ziet, je hoeft maar te eisen en aan je verlangens wordt voldaan.'

Zij leek in verwarring gebracht door zoveel tegemoetkomendheid, liep naar het raam, liep terug, raakte even de kastdeur aan en streek over de lege rechthoek die zich op de muur naast de deur aftekende. Terug bij het raam zei ze heel beslist, 'Ik ga nu,' en schijnbaar in zichzelf pratend, 'ik heb mijn missie uitgevoerd. Ik kon me onmogelijk aandienen als een bedelares of hoe dan ook een appèl doen op grootmoedigheid. Mijn zelfrespect dwingt me ertoe op te eisen wat me toekomt. Dat heb ik gedaan. Ik zie dat je mijn aanpak accepteert. Dat stemt me hoopvol. Ik ga nu weg. Mijn eer laat niet toe dat ik nog hier blijf, ik weet me geen houding te geven. Het liefst kom ik ongezien weg.'

'Ik loop met je mee, ik wijs je de weg.' Hij trok zijn smoking weer aan, stapte in zijn tuinlaarzen. 'Ik kan je aanraden in Antwerpen bij Leon en Elsa Koperding op bezoek te gaan. Zij bewonen een groot pand. Leon zal je behulpzaam zijn bij het te gelde maken van de icoon.' Nog een slok cognac en daar opende hij al de deur voor haar. Toen bleek dat zij nog een linnen schoudertas op de gang had staan droeg hij behulpzaam haar koffer. Voor haar uit liep hij de diensttrap af. De buitenlamp boven de achterdeur brandde. Leunend tegen de muur verwisselde zij haar schoenen voor de ossenleren laarsjes. Zij haalde haar gele jas uit haar koffer, alles zonder haast. Onder de bomen kon zij geen hand voor ogen zien.

'Houd me dan vast.'

'Ik wen wel aan het donker, het gaat al.'

Zwijgend liepen zij het pad af. Op de tast pakte Agnese de langste sleutel uit zijn etui. Hij ontsloot het hek en liet haar uit. 'Wacht,' zei hij, en zij wachtte. De vraag: waar ga je zo laat naar toe, stelde hij niet. Misschien ging zij naar het station, reden er nog treinen? Of zij overnachtte in een hotel. Onwillekeurige gedachten verhinderden hem op andere woorden te komen. Wat kon hij zeggen, moest hij haar zo laten gaan, de sluipwesp.

'De sluipwesp gaat er van door.' Hartelijk klonk het niet.

'Je begrijpt het niet,' zei Emilia streng, ' je begrijpt niet half hoe dit in elkaar zit.'

Zij maakte zich uit de voeten.

'Sluipwesp,' riep Agnese.

'Zwarte tulp,' beet Emilia terug.

'Nachtportier!'

Hij keek haar na, haar silhouet in het licht van een straatlantaarn.

9

Onverholen getuigenissen

Agnese keerde terug naar zijn nachtkantoor. Hij maakte grote passen en verbaasde zich over de namen die hij haar gegeven had, sluipwesp en nachtportier. Waar kwamen die woorden vandaan, nooit kwamen ze over zijn lippen. Sluipwesp en nachtportier, zes stappen had hij er voor nodig. Keer op keer nam hij de zes stappen. Via de diensttrap kwam hij ongezien boven, en eenmaal daar besloot hij zijn smoking en zijn laarzen aan te houden. Bedaard nam hij het glas cognac dat aan Emilia had toebehoord en liep, het glas voor zich uithoudend, de trap af naar de hal. Kumula zat breeduit aan de piano. Zo gauw hij Agnese ontwaarde ontsnapte er een 'Aha' aan zijn mond. Zijn 'Welkom meester zonder blaam, wij zijn verenigd in uw naam' klonk vals. Veel tijd om vast te stellen wat er gaande was had Agnese niet want Kumula was gaan staan en las plechtig van een papier dat hij vlakbij zijn ogen hield 'Droohnaa si eitaro ed eris, sire de oratie is aanhoord, de ontluistering neemt een aanvang, hoe kunnen wij afbreuk doen aan uw woord. Als struiken schieten uw inzichten wortel in onze oren. Het is een voorrecht in uw nabijheid te verkeren. Wees gerust, ik sla mijn ogen op, naar de muren en naar het plafond en zie mijn noodlot onder ogen. Overdrijf ik dan is het omdat ik de juiste woorden niet kan vinden.'

Wat gebeurde hier? Mijnheer Kumula was veranderd in een dikke opblaaspop, een pop die kon praten. 'Ik richt mij tot de lector in de iconografie,' hoorde hij Kumula zeggen 'en druk hem als eerste de hand.' Kumula pakte zijn hand, schudde eraan en gaf Agnese een harde klap op zijn schouder. Zonder te aarzelen plantte Agnese zijn vuist in Kumula's buik. Zijn gestalte wankelde, deinsde achteruit en viel terug op de pianokruk.

'Keine Akkumulation Herr Kumula.' Hij zei het streng. 'Ik beschouw de zaak hiermee als afgedaan.'

In de salon komend zag hij Eleonora een teken geven aan Deniak die namens haar verzocht om ieders aandacht. Eleonora sprak. Zij voelde zich verplicht een protest tot klinken te brengen tegen de onderwaardering van de huishoudelijke bezigheden. Huishoudelijk werk hoefde heus niet in een kwaad daglicht gesteld te worden, integendeel. Zij was van mening dat er een tekort aan huishoudscholen bestond. Zulke scholen konden een bijdrage leveren als het erom ging de werkeloosheid in goede banen te leiden. Voldoening schenkende bezigheden in huis konden het schrijnende gevoel van maatschappelijke nutteloosheid, waar veel inwoners aan ten prooi vielen, opheffen. Wel moest zij Agnese nageven dat het idee van de kapel haar aansprak: een vertrek waarin men ervan afzag met elkaar te praten, waar men zich kon losmaken van de dagelijkse beslommeringen en waar het geoorloofd was op de knieën te zitten temidden van geliefde voorwerpen, dat leek haar wel wat. Men was immers niet gebonden aan een mariabeeld, een bisschop, een ridder of een kanunnik. Wat dat betreft, zo wilde zij nadrukkelijk vaststellen, kon men een voorbeeld nemen aan de olieverfschilders die keer op keer de vrijheid namen nieuwe stillevens voor zichzelf klaar te zetten. Voorts was het haar opgevallen dat Zijne Hoogheid geen enkele keer was ingegaan op de periode die hij in de kliniek had doorgebracht. Was de aanwezigheid van Emilia ter Slieven daar de oorzaak van dan hoopte zij dat hij daar in de loop van de avond nog over kwam te spreken. Voor haar man zou zij het teleurstellend vinden als zijn inspanningen buiten beschouwing werden gelaten.

Deniak vroeg of nog iemand het woord wilde voeren, zoniet dan nam hij zelf de gelegenheid te baat naar voren te brengen dat hij een blinddoek niet kon accepteren. Een blinddoek was niet het geëigende middel om je van omstanders te ontdoen. Het speet hem dat hij de blinddoek niet had uitgebuit. Hij had de spreker kunnen besluipen. Nu had hij de situatie als een belediging ondergaan; zijn inschikkelijkheid als toehoorder was op de proef gesteld. Uitdagend zei hij, 'En die plotselinge genegenheid voor een voormalige hofdame doet mij twijfelen aan de juistheid van de keuze van de hoofdpersoon. Misschien is het beter de hoofdrol maar meteen aan Emilia ter Slieven te geven; een jonge vrouw met zin voor het ongewisse is een groter trekpleister dan een koning in vrijwillige ballingschap.' Een cynische glimlach speelde om zijn lippen. 'Publicity,' riep Been, 'met een vrouw in de hoofdrol krijgt die meubeldwang alsnog een vitale achtergrond. Nu kan men er een complex in zien, een oedipuscomplex wellicht, dat moet dr. Igenhof maar uitmaken.'

Deniak liet zich niet van zijn onderwerp afbrengen. 'Blinddoeken, genegenheid en jongensachtige avonturen op de hooizolder van vaders schuur, is het dat wat Zijne Hoogheid begeert? Zweepslagen moet hij haar toedienen, hij moet haar striemen tot zij bekent een geil snoepje te zijn dat erop uit is onheil te stichten in voorname kringen. Zij is bedreven. Zij kent de plek in het woud waar de apen spelen. Ziet zij een kraai overvliegen dan ontleent zij daaraan het recht een wens kenbaar te maken.

Jaag haar voor je uit door het huis tot zij wegkruipt achter een stoel in een hoek van de kamer en gesel haar. Oder ist Herr Giorgio Agnese im Teppich verschwunden?'

Agnese keek in zijn cognacglas en bracht met kleine bewegingen het donkere goudkleurige destillaat in beweging. Waarom stond iedereen. Waren zij opgestaan toen hij door Kumula werd aangekondigd? Wat was dit voor een manier van commentaar geven op zijn voordracht. Afgesproken werk, een poging om hem in het nauw te drijven. Zij hadden er niet op gerekend dat hij zijn smoking en zijn laarzen nog aanhad, dat hij een hoge mate van onverschilligheid kon ontlenen aan zijn vreemdsoortige kleding. Met een paar grote stappen kon hij iedereen de schrik op het lijf jagen, met zijn jas zwaaiend de boze geesten uit de kamer verjagen en zijn vertrouwelingen opnieuw welkom heten. Hij kon Eleonora en Deniak prijzen om hun onverholen getuigenissen, maar hij hield zich in. 'Ik heb het gehoord, het blijft me bij, ik zal er nu niet op ingaan,' meer kwam er niet over zijn lippen. Hij dronk zijn glas leeg en liep naar de tafel der ambtenaren die als schenktafel dienst deed.

'Een glas wijn?' Deniak sprak hem aan alsof er niets was voorgevallen. Hij keek op zijn horloge, het was elf uur geweest. 'Goed.' Schraal en haastig dronken zij elkaar toe. Albert Igenhof kwam bij hen staan.

'Die kanunnik van der Paele was zo gek nog niet,' bracht hij in, 'hij beschikt over een vertrek waar eigenzinnige meubels en zetstukken staan. Niet zoals hier. Poppen stellen er mensen voor, moeder en kind zitten op een grote troon; niemand mag hem daar lastigvallen. Geen rookwaar, geen drank. Alleen kaarslicht, een bril en een boek.'

'Albert hou op met die beschouwingen,' verzuchtte Deniak, 'laten we het liever over Emilia hebben, waar is zij gebleven?'

Agnese keek om zich heen. Helevis en Leon waren in gesprek en Eleonora hield Elsa bezig.

'Ik verlang al naar morgen,' zei Agnese op zijn beurt, 'naar ochtendlicht, naar een nieuwe dag. Verhalen over vakantiereizen staan me meestal tegen en aan kwaadspreken waag ik me niet al moet ik zeggen dat er in kwaadspreken toch iets zit dat me aantrekt. Soms heb ik zin om leugens te vertellen, om gebeurtenissen om te werken tot leugens.'

'Stel nu eens..., stel dat Emilia mij onder bedreiging met een pistool een losgeld heeft afgeperst of stel dat ik haar liefderijk tegen me aandruk en haar een zwijggeld geef. Zijn dat leugens? Ben ik in staat mijn eigen leven om te zetten in leugens?' Deniak herhaalde zijn vraag, 'Weet Zijne Hoogheid waar Emilia gebleven is?'

'Ik zie een vrouw op een donkere weg. Zij draagt een koffer. In de koffer zit een kluizenaar. Zij is op weg naar Parijs om de kluizenaar te gelde te maken. Nu zit zij in een bar. Opdringerige toenaderingen van klanten houdt zij af maar aan transparante ogen en een koele stem kan zij niet lang weerstand bieden. De omhelzing geeft haar het gevoel dat zij leeft. Zeg eens, mocht ik een vrouw zoeken, waar kan in dan naar toe met kans van slagen? Een expeditie uitsturen die het karwei voor me klaart lijkt me het beste. Een expeditie Deniak, maak daar werk van. Je zou me er een onuitsprekelijk plezier mee doen; een vrouw die ik begeer. Zij moet mijn aanwezigheid verdragen... Ik kan de stallen bewoonbaar maken...'

'Dus je weet niet waar Emilia is.' Deniak verdween naar buiten. Zonder aandacht aan Albert te besteden ging Agnese in zijn stoel bij de schoorsteen zitten. De muzikanten begonnen te spelen. Wolfgang kroop op zijn knieën de salon binnen. Hij verborg zich onder de tafel der ambtenaren. Het overhangende kleed onttrok hem aan het zicht. Van onder de tafel klonk zijn stem. 'Ik heb mij toegelegd op Nederlands. Spreek ik langzaam dan gaat het goed. Ik rook. Van mijn 18de tot mijn 32ste jaar heb ik veel sigaretten gerookt. Iedere tweede dag een nieuw pakket. In mijn hart ben ik altijd een beetje bang. Spreekt mijn hart dan zegt het dat ik traurig ben. Du bist traurig, sagt es. Es sagt du.' Hij kwam weer te voorschijn en knielde aan de tafel. 'Möchte gerne traurig sein und alkoholische Getränke trinken. Bin auch Naturliebhaber, aber wer wird das aushalten; die Geliebte wird täglich geschädet.' Hij ging staan, keek van de een naar de ander en zei luid, 'Meistenteils bin ich Alleingeher. Freue mich jedoch dieses Zusammentreten mitmachen zu können,' maakte een reverence en vervolgde, 'Wer allein ist treibt kein albernes Zeug. Wäre vielleicht besser gewesen Alleinherrscher zu bleiben.'

'Du meinst?' Agnese, die een sigaret had opgestoken, inhaleerde de rook en drukte de peuk uit. De voordracht van Wolfgang trok hem aan, nu was het zijn beurt om iets te zeggen.

'Du fremdsprachiger Freund, ich weiss..., es gibt... man ist nie so Allein wie man sich wünscht; die Vermittlung der Sprache zum beispiel, das Essen, wie Hühner laufen die Wörter herum.'

'Ich möchte mal einen Streit vom Zaun brechen, aber, aber mir bricht das Herz. Der Zaunkönig hat gesprochen. Darf ich das sagen, ich der Neuankömmling, der Zaunritter auf der Sprechbühne.' Hij verdween weer onder de tafel, zijn nieuwe territorium.

Agnese ving gespreksflarden op, Victor tegen Elsa Koperding, 'de invloed van hemellichamen is te verwaarlozen, wij kunnen deze krachten niet voelen, horoscopen moeten uitkomst brengen.' Hoe kwam Victor aan zulke uitspraken? 'Denk maar niet dat de mensen in staat zijn alle krachten die op hen inwerken te localiseren,' antwoordde Elsa. Zij liet zich niet in het nauw drijven.

Leon vroeg aan Helevis of hij het schilderij van Jan van Eyck van nabij kende. Helevis wenkte Albert Igenhof en vroeg op zijn beurt aan hem hoe het schilderij van kanunnik van der Paele in zijn werkkamer terecht was gekomen. Albert had geen moeite met het antwoord.

'Luister, tijdens zijn verblijf in de kliniek heeft Zijne Majesteit het schilderij uit het paleis laten overkomen. Daar kon niemand bezwaar tegen hebben. Een pistool zou ik hem geweigerd hebben, dat spreekt vanzelf, maar een schilderij van Jan van Eyck, daar kan men toch niets kwaads mee in de zin hebben. Maar ik had buiten de waard gerekend, het bleek een relatiegeschenk te zijn. Onder zijn arm bracht hij het mee naar de therapie en verzocht mij het een plaats te geven in mijn werkkamer. Ik moet zeggen dat ik niet in staat ben me te vereenzelvigen met de uitgebeelde personages, maar wat me verbaasde: ik kreeg een plaat aangeboden waarop moeder en kind op de troon zaten. Dat kon geen toeval zijn.'

Agnese stond op uit zijn stoel. Hij zag het opschrijfboek van Wolfgang op de dientafel liggen en bladerde erin. Hij zag het woord Zaunkönig, bladerde terug en begon half luid te lezen bij "Übersetzung". 336. Als ik naar een kind kijk, riep deze mens, en ik bedenk hoe smadelijk en verderfelijk het juk is dat het dragen zal, en dat het zoals wij gebrek zal lijden, dat het zoals wij mensen zal zoeken, als wij vragen zal naar schoons en waars, dat het onvruchtbaar zal vergaan, omdat het alleen zal zijn, als wij, dat het – o neem toch uw zonen uit de wieg en gooi hen in de stroom, om hen tenminste van uw schande te redden!

Zeker, Alabanda! zei ik, zeker, het wordt anders.

Waardoor? antwoordde hij; de helden hebben hun roem, de wijzen hun leerlingen verloren. Grote daden als niet een edel volk er kennis van neemt, zijn niet meer dan een geweldige slag tegen een muf voorhoofd, en hoge woorden, als zij niet in een hoog hart weerklank vinden, zijn als een stervend blad...

Wolfgang dook naast hem op. Agnese zag de gelaten uitdrukking, het langgerekt gezicht waarin twee grijze ogen een afgrond weerspiegelden waarin elke mededeling te pletter zou vallen. Nonchalant kwamen de woorden 'Wanneer heb ik u voor het laatst gezien?' over zijn lippen. 'Het moet dezer dagen geweest zijn majesteit. Ik heb mij onlangs mogen vermeien in het genot van uw voordracht.'

'U bent de man van dit boek, neem ik aan. Een toeval dat u naast mij staat terwijl ik erin blader.'

'Es freut mich Seine Majestät habe sich erwürdigt das Büchlein Wolfgangs zu tragen.'

Agnese nam de balpen die met een touwtje aan het opschrijfboek vastzat en keek naar de gestalte in de slappe donkerbruine broek die naast hem aan de tafel knielde, zijn lange haren, zijn gave huid, zijn stevige neus en naar buiten staande lippen. 'Wie alt sind Sie?' 'Einunddreissig Majestät, entschuldigen Sie.'

Naast Wolfgang neerknielend aan de tafel schreef hij: Machen Sie sich aus dem Staube, Agnese I. Met de woorden 'Hölderlin soll man nicht übersetzen' schoof hij het tekstboek van zich af.

Agnese draaide zich om, Leon Koperding was aan het woord.

'Ik heb een man leren kennen,' hoorde hij Koperding zeggen, 'een uitzonderlijk figuur. Als hij de stad ingaat en een eindje gelopen heeft denkt hij dat hij verdwaald is, hij is onthutst, hij vraagt waar hij is aan voorbijgangers die hem precies de naam van de straat zeggen; hij gaat zijn huis binnen, komt er haastig weer uit in de mening dat hij zich vergist heeft.'

'Ik geloof dat ik je vriend ken,' zei Helevis hoopvol. 'Hij is het ook die een kerk binnengaat en een blinde die tegen de deur staat aangedrukt voor een pilaar houdt,en diens centenbakje voor het wijwatersvat, die zijn hand erin doopt, hem naar zijn voorhoofd brengt, als hij plotseling hoort dat de pilaar praat, en voor hem bidt. In het schip van de kerk gekomen meent hij een bidstoel te zien, hij laat er zich in zijn volle zwaarte op neer: het gevaarte buigt door, bezwijkt, en probeert te schreeuwen; tot zijn verbazing bemerkt mijn vriend dat hij knielt op de benen van een erg kleine man, hij leunt tegen zijn rug, heeft beide armen om zijn schouders geslagen terwijl zijn naar voren stekende samengevouwen handen hem bij de neus vasthouden en zijn mond afsluiten; beschaamd trekt hij zich terug en gaat ergens anders knielen. Hij haalt een boek te voorschijn om zijn gebeden te doen, en het is zijn pantoffel die hij voor zijn brevier heeft aangezien en die hij in zijn zak heeft gestoken voor hij naar buiten ging.

De verdere tekst ken ik niet uit mijn hoofd,' zei Leon lachend, 'wie meer wil weten moet het boek er bijhalen.'

'Ik geloof dat ik uw vriend kan thuisbrengen,' zei Helevis opnieuw, 'heet hij niet Ménalque? Als zoon van de bibliothecaris van de koninklijke bibliotheek ben ik er trots op hem te ontmaskeren. Een tekst uit de zeventiende eeuw, een mooie keuze.'

'Hoe heet de schrijver?' zei Albert kortaf.

'Wacht even,' kwam Deniak tussenbeide, 'de schrijver mogen we nu niet noemen.'

'Noem hem toch maar,' drong Albert aan, maar Deniak schudde nee.

'Ik zal nog een verhaal voordragen,' zei Leon, 'juist iets voor u, Albert. Op een keer brengt Ménalque een bezoek aan een vrouw, en als hij zich weldra heeft ingebeeld dat hij het is die haar ontvangt, nestelt hij zich in zijn fauteuil en denkt er helemaal niet aan bij haar weg te gaan: hij vindt vervolgens dat deze dame lange visites brengt, hij verwacht ieder ogenblik dat zij opstaat en hem zijn vrijheid laat; maar daar er geen einde aan komt, hij honger heeft en de avond al gevorderd is, nodigt hij haar uit het avondeten met hem te gebruiken: zij lacht, en wel zo uitbundig dat zij hem wakker maakt.'

Leon beantwoordde het kleine applaus met een buiging en keek vergenoegd naar Agnese toen hij hem 'dat heb je mooi gedaan Leon' hoorde zeggen.

'U houdt blijkbaar toch van clichés majesteit,' klonk het ruw uit Alberts mond.

'De bekoring die van deze verfijnde tekst uitgaat heeft blijkbaar geen vat op je,' beet Agnese terug.

'Dat "mooi gedaan" bevalt me niet. De sympathie voor Leons voordracht druipt van uw gezicht. Het komt me voor dat u graag even verstrooid zou willen zijn als deze Ménalque.'

Een onderbreking, de stem van Elsa: 'Denk je heus dat ik me laat uitkleden.' Zij keek Victor hoofdschuddend aan, keerde hem de rug toe en ging naast Leon op de bank zitten.

'Zeg in plaats van "mooi gedaan" wat het U gedaan heeft, Koninklijke Hoogheid.'

De woorden klonken vals, maar Agnese voelde er niet voor zijn opgewekte stemming door de luimen van Albert Igenhof te laten bederven. Hij liet zich niet verleiden tot een twist en evenmin speelde hij de beledigde. Door langzaam en venijnig te praten kalmeerde hij zijn opkomende verbolgenheid.

'Misschien heb je gelijk en heb ik met de uitroep "dat heb je mooi gedaan Leon" mezelf de pas afgesneden. Ik had bij de tinteling moeten blijven die het verhaal in mij had opgewekt, in plaats van mij tot Leon te richten met een compliment. Maar hoe kan ik in uw midden deze gevoelens koesteren, uw zwak handgeklap... Maar hoe dan ook, om de vreugdevolle gevoelens te kunnen vasthouden zal ik mij veroorloven opnieuw met u kennis te maken in de veronderstelling dat ik u nog niet eerder ben tegengekomen.

Naar ik vernomen heb bent u dokter Albert Igenhof. Het is mij een genoegen u aan te treffen in deze salon. Is het waar dat u verbonden bent aan de R.P.I.? Misschien is het u bekend dat ik daar enige tijd heb doorgebracht.' Agneses cynisme had de overhand gekregen. 'Koninklijke Hoogheid, op deze...'

'Zwijg. U bent nog niet van mij af. Over mijn tijd in de R.P.I. is het laatste woord nog niet gezegd. De aanwezigheid van fameuze kroniekschrijvers als Elsa, Victor en Helevis spoort mij aan om die periode ter sprake te brengen.'

'Als u maar niet van mij verlangt dat ik ga staan of iets dergelijks.'

'In aanmerking genomen de geringe bijdrage van de R.P.I. aan de bekendmaking van mijn onderzoek voel ik mij door haar in de steek gelaten. In haar kortzichtigheid eiste de psychiatrie van de koning dat hij zich conform de regels zou gedragen. Uitspraken die ik deed werden opgevat als uitspraken van een patiënt; met afwijkende opvattingen gaf ik alleen maar te kennen dat ik in de inrichting op mijn plaats was. Krantenlezers mochten zegevieren over mijn malle praktijken zonder te begrijpen dat zij zich vergaapten aan hoogwaardig onderzoek. Natuurlijk maakt een gekluisterde die in afzondering zijn boeien afschudt vreemde bewegingen, maar ik laat het niet afweten: mijn lezing van de gebeurtenissen is van belang. Uit liefde voor mijn experimenten weiger ik er in een kamer over te praten. Binnenshuis gaan mijn zinnen lijken op stoelpoten en armleuningen, mijn verhalen op kasten waarin men mijn bevindingen kan opbergen. Ik spreek niet tegen, Albert, dat je geïnteresseerd was in mijn opvattingen, toen Emilia bij mijn verzorging betrokken werd. Zij is een interessante vrouw,' Albert keek nors, hij toonde geen tekenen van instemming, maar Agnese zag dat Victor, Elsa en Leon aan zijn lippen hingen.

'Majesteit, denk niet dat ik u een kwaad hart toedraag maar toch wil ik het onderwerp voor een andere keer bewaren.' Het was duidelijk dat hij niet op Agneses voorstel wilde ingaan. Leon ging staan. 'Agnese heeft gelijk, het zijn de stoelen die ons bij elkaar doen zitten. Laat ons buiten lopen en de nacht van dichtbij meemaken.'

Aan de schenktafel voorzag hij zich van een glas rode wijn.

'Ik moet bekennen,' zei Albert, 'dat Eleonora mij de belofte heeft afgetroggeld om naar de dependance te komen. Daar wil ik niet aan voorbijgaan.' Hij stond op en Helevis sloot zich bij hem aan. Agnese hoorde de buitendeur in het slot vallen.

Elsa verontschuldigde zich met de woorden: 'Ik ben zo terug.' Leon drukte zijn gezicht tegen het venster. 'De maan is opgekomen, een bijna volle maan,' zijn stem klonk blijmoedig. 'In een spookachtig licht zie ik twee gedaantes afdalen in de nacht. De ene is breed, de andere snel, een brede en een snelle, mochten het twee dieren zijn, een paard en een gazelle.' Hij keek lachend om. 'Waar wachten we nog op?' Victor kon droog uit de hoek komen. Leon antwoordde met verve, 'Ik heb grote waardering voor u, mijnheer Penkental. U bent een zorgvuldige waarnemer die zich niet gauw iets op de mouw laat spelden. U hebt een eigen kijk op de dingen en u schroomt niet daar lucht aan te geven...'

Agnese was opgestaan. Van dergelijke aansporingen moest hij niets hebben, hij ging alvast naar buiten, hij zou hen opwachten in de achtertuin.

10

21 September

De lucht voelde zacht aan. Ruggelings leunend tegen de buitenmuur van Neergoed vroeg Agnese zich af wat hij zich op de hals gehaald had. Hij moest het verhaal van zijn vrijheidsberoving vertellen aan een gezelschap dat uit slechts drie personen bestond; Albert Igenhof hield zich afzijdig. Zonder hem zou zijn getuigenis aan geloofwaardigheid inboeten. Elsa, Leon of Victor zouden de oprechtheid van zijn woorden niet in twijfel trekken, maar nu Albert ontbrak viel er een prikkel weg. Hij zou maar al te graag geprobeerd hebben de meeluisterende Igenhof op het verkeerde been te zetten, hij miste zijn tegenstander en bleef verweesd achter met drie kroniekschrijvers. Igenhof had hij van zich afgestoten door zich te poneren als de man die zichzelf tekortgedaan voelde door de psychiatrie terwijl hij toch wist dat er in zijn verhouding tot de therapeut enkel sprake kon zijn van krachten die noodgedwongen in elkaars nabijheid opereerden zonder elkaar te versmaden. Hij was er maar ten dele in geslaagd de psychiater in te schakelen in de verbreiding van zijn opvattingen; hij had bijval van hem verlangd, oprechte nieuwsgierigheid naar zijn bevindingen, geen applaus.

Dat Igenhof een afspraak met Eleonora als excuus gebruikte om een heenkomen te zoeken in de dependance kreeg bij nadere beschouwing de zwaarte van een belediging. Achteraf zou hij zich tot in bijzonderheden laten vertellen hoe Zijne Majesteit de gebeurtenissen rond de ondertoezichtstelling had afgeschilderd en maar al te graag commentaar leveren. Igenhof wilde geen getuige zijn.

Noch Albert Igenhof, verzuchtte Agnese, noch de assistenten die met de tenuitvoerlegging van zijn ondertoezichtstelling waren belast zouden hem prijzen om de wijze waarop hij van zijn vrijheidsberoving een melodrama had gemaakt. Hij had de ondertoezichtstelling opgevat als een consequentie van keuzes die achter hem lagen en de vrijheidsberoving als een leerstuk, een melodrama zonder publiek. Het leerstuk werd hem niet gegund. In het rapport betreffende zijn internering stond vermeld dat Zijne Koninklijke Hoogheid geen weerstand had geboden toen hij werd opgehaald, wat kon hij daar tegenin brengen...

Vanaf de plaats waar hij stond kon hij de maan zien, de schaduw van Neergoed lag aan zijn voeten. Wolkenvelden dreven traag over. 'Ik ben vooral benieuwd naar de ochtend van die 21ste september, de dag waarop Agnese onder curatele werd gesteld,' hoorde hij Elsa zeggen. Gedrieën kwamen zij naar buiten.

De achtertuin leek een geheimzinnig decor vol donkere spelonken. Zij liepen langs het eendenhok dat verscholen lag tussen de struiken en in onbruik was geraakt. In de vijver, waarvan de betonnen rand tot enkelhoogte boven de grond uitstak, groeiden wilde planten. Aan de andere kant van de vijver, waar het terrein helde, boden een drietal traptreden een geschikte zitplaats. Vaak had Agnese daar zittend naar de nacht geluisterd, naar het ritselen van de wind in de bomen. Bij de hoge eik aan de voet van de trap bleef hij staan en terwijl Victor zijn zakdoek uitspreidde op de plaats waar hij ging zitten begon hij te praten.

'Vooraf dit: tot dusver heb ik geweigerd ook maar een tipje op te lichten van de sluier die in het officiële rapport over de uitvoering van mijn ondertoezichtstelling wordt gelegd. Het rapport vermeldt dat ik geen weerstand heb geboden. Zoals jullie weten spreekt de ontoerekeningsvatbaarheidsverklaring over vrees voor zinsverbijstering; men wilde voorkomen dat ik in een vlaag van waanzin het paleis in vlammen zou doen opgaan. Ik verdenk Albert Igenhof ervan dat hij opdracht heeft gegeven de toedracht rond mijn vrijheidsberoving zo summier mogelijk in het dossier op te nemen. "Geen weerstand" lijkt de ingreep te rechtvaardigen.

De 21ste september werd ik opgehaald. Twee mannen in witte jassen hadden zich in alle vroegte toegang verschaft tot de tuin achter het paleis. Blijkbaar wisten ze waar ik de nacht doorbracht want ze kwamen rechtstreeks naar het tuinhuis. Plotseling stond er iemand op de deur te bonzen. Ik keek door het tralievenster en zag twee mannen in witte jasschorten. Ik wenste hen goede morgen. Zij lieten mij een formulier zien dat hen machtigde mij mee te nemen. Ik pakte het aan, bekeek de stempels en handtekeningen, scheurde het kapot en strooide de snippers in het rond.

De vrees dat ik het paleis in brand zou steken gaf hen een eenvoudig en redelijk argument in handen om mij af te voeren, en ik moet zeggen dat ik grote rookwolken maakte. Ik stookte vuren in de paleistuin die door helicoptervluchten werden gecontroleerd. Het volk wist dat ik mij buiten ophield, dat ik de entourage van de koninklijke vertrekken niet nodig had om mij op mijn plaats te weten.

Nu biedt de psychiatrie zich aan als propagandist van mijn onderzoek naar de macht in de gedaante van twee jasschorten, dacht ik.'

Er schoven wolken voor de maan en in het schaarse licht klonk de stem van Elsa, 'Niet doen Victor, laat me op mezelf.'

'Ik voelde er niet voor onmiddellijk met hen mee te gaan en nodigde de heren uit een kop thee met mij te drinken in het tuinhuis, helaas mochten zij aan mijn uitnodiging geen gevolg geven, zoals zij het uitdrukten. Op hun vraag of ik goedschiks mee wilde gaan antwoordde ik: Nog niet. Ze moesten wat geduld hebben.

Een van de mannen vroeg via een portofoon om assistentie, type portier, een die zijn lippen tegen elkaar houdt en stevig in het vlees zit. Bij de ander stak een stethoscoop uit zijn jaszak, ik zag in hem een dokter van de buitendienst, een die wel iets gewend was. Omdat ik geen zin had in hun gezelschap op versterking te wachten ging ik naar binnen; zij gedroegen zich strikt formeel, geen van beiden probeerden mij over te halen gewillig met hen mee te gaan. Ik duwde de deur dicht en beraadde mij wat me te doen stond. Ik zette de radio zo hard mogelijk aan. Ik had geen plan. Ik ben naar de droogzolder gegaan en door het dakraam ben ik op het dak geklommen. Ik zat schrijlings op de nok van het tuinhuis toen de versterking kwam, twee ziekenbroeders, een brancard en een hond. Zij bonsden op de deur, riepen "Koninklijke Hoogheid" en gingen binnen. De hond blafte, de radio werd uitgezet, en weer riepen zij.

Twee ambtenaren buiten hadden mij ontdekt. Ik keek naar de kruinen van de bomen.

'Majesteit, komt u toch naar beneden!'

Ik reageerde niet, ik zat waardig op mijn troon en zocht naar een geschikte toon om hen aan te spreken.

Herr Doktor, zei ik tegen de man met de stethoscoop, uw onverwachte komst zo vroeg in de ochtend vraagt om een ogenblik bezinning, kijk toch eens om u heen, dit is de enige keer in uw leven dat u de tuinen van het paleis betreedt.

Gevieren overlegden zij wat hen te doen stond. De broeders bezworen mij naar beneden te komen. Ik beschimpte hen om de halsstarrigheid waarmee zij hun plicht uitoefenden. Ik beklaagde mij erover dat het volk had verzuimd hen de toegang tot het paleis te versperren. Ik bood aan met hen van gedachten te wisselen onder het genot van een kop thee, of nee, dat deed ik niet.'

Vanuit de dependance aan de andere kant van het terrein drong tangomuziek tot hen door. Het riet van Steven Schans spleet de nachtelijke stilte. Agnese draaide zich om, liep een paar passen het pad op. De maan kwam tussen de wolken door. Zijn schaduw verdween in de schaduw van de bomen toen hij terugliep naar de trap. Hij nam plaats naast Leon.

'Ik moest tegenspel bieden, wat moest ik doen, voor woorden waren zij niet ontvankelijk. Toen het dakraam openging sloeg ik met mijn voet het glas stuk. Het deed me genoegen dat ik de dienstdoende arts hoorde vloeken. Mijn voet bloedde. De hond blafte en werd tot de orde geroepen. De portier kwam eraan te pas, hij tilde het dakraam uit de sponning en daar verscheen het bovenlichaam van de arts in de opening. En wat zei hij, Majesteit, dit is gekkenwerk.

Dat Majesteit kun je er wel aflaten, riep ik terug.

Ik ging staan en balanceerde gevaarlijk over de nok van het dak, ik maakte reclame voor het ochtendlicht dat in zilveren druppels aan de bomen hing.

Wat konden zij doen... Zou ik mijn evenwicht verliezen en vallen dan zouden zij ter verantwoording geroepen worden, dat begrepen zij wel.

Ga terug naar je standplaats en zeg dat je je bezonnen hebt, zeg dat je gezien hebt dat ik het goed maak en dat ik een heenkomen heb gezocht op de enige plaats die mij bescherming biedt. Ga nu, dat riep ik, of woorden van die strekking. En hij ging. Hij maakte de doorgang vrij. Gevieren bleven zij buiten staan om te horen wat ik zei. Zo nu en dan slingerde ik een paar verbale lasso's naar beneden. Ik uitte mijn minachting voor de zelfzucht van de inwoners die aan hun salaris het recht ontleenden de aarde te plunderen en haar te bezoedelen met de afval die... maar nee, dat deed ik niet, ik prees de inwoners om hun zelfzucht. Prijzen leek me beter. Ik prees de inwoners om het meubilair waarmee zij de aarde hadden ingericht en om de reusachtige taak die zij op hun schouders hadden genomen: het werk dat verricht moest worden en nog verricht zou moeten worden. Ik wenste hun geluk met mijn vrijheidsberoving, ik die het de moeite waard vond de belemmeringen van mijn inzichten te lokaliseren.

Ik klom naar beneden. De dienstdoende arts kwam het tuinhuis in. Het kostte me nog moeite hem ervan te overtuigen dat de wereldradio een onmisbaar onderdeel van mijn uitrusting vormde. Ook het enige boek dat in het tuinhuis te vinden was, een studie over Turijn, moest mee. Ik luisterde mijn aftocht op met muziek.

Nog vroeg in de ochtend reed de ambulance door de stille straten naar de R.P.I. Als de bewoners van de huizen waar we langs kwamen hadden geweten dat Agnese de Eerste in een wagen van de gezondheidsdienst aan hun deur voorbijkwam waren ze uit hun huizen gekomen om te zwaaien en me moed toe te wensen. Een politioneel escorte ontbrak.' Agnese zuchtte. Aan de wens van Leon had hij voldaan. 'Moet je nog horen hoe het in de kliniek toeging?'

'Ja zeker, wanneer zullen we weer in de gelegenheid komen deze verhalen te horen uit de eerste hand. Alsjeblief.'

'Elsa wil alles horen,' plaagde Agnese.

'Ik werd ondergebracht in de koninklijke loge, een tweekamerappartement met badkamer, keuken en binnentuin. Eerst moest ik een bad nemen. Een lichtgrijs driedelig kostuum lag voor me klaar. Overhemd en das, de schoenen, alles nieuw. Ik beschikte over een ontbijtservies voor twee personen, een electrisch kookplaatje en een kleine koelkast waarin ik frisdrank, eieren, boter, kaas en broodvlees aantrof. Ook stelde de psychiatrie mij de nodige huisraad ter beschikking, een zithoek, een eettafel en een televisietoestel. Door de tuinen dwalen, bessen plukken, het ruisen van de bomen, het behoorde tot het verleden. Ik moest weer treuzelen en lijden aan het interieur. Door toedoen van mijn onderzoek, want zo begon ik mijn leven te noemen, was mijn verblijf ingekrompen tot een tweekamerwoning gelijkvloers.

Ik ging ervan uit dat de spiegel boven mijn wastafel als one way screen dienst deed en hing er een handdoek voor. Ik besloot af te zien van het gebruik van electriciteit, ook de koelkast ging uit, kaarsen kreeg ik niet, een zaklamp evenmin. Maar ik had de beschikking over mijn portable wereldontvanger. Naar radiostemmen die goed in het gehoor lagen kon ik lang luisteren, ook al verstond ik er geen woord van. Ik was een rustige logé; mijn appartement was een wachtkamer, bezigheden had ik niet, ik wachtte op de trein naar Turijn. Een fotograaf had goud kunnen verdienen met opnames van de zonderlinge posities die ik in mijn appartement heb ingenomen; ik leverde mij niet uit aan het meubilair, die vriendelijke brainwash die mij door de directie werd aangeboden. Ik verloor mijn onderzoek niet uit het oog.

Ik kwam onder behandeling van dr. Igenhof, een in Parijs opgeleide, op het structuralisme georiënteerde psychiater die belangstelling had getoond voor mijn excentrieke wijze van regeren. Hij begreep dat ik voorwerpen, meubels, verlichting en dergelijke opvatte als een concurrerende macht die erin slaagde de inwoners om de tuin te leiden. De concurrent houdt het huis bezet, placht hij te zeggen.

Mijn eerste conflict met de behandelend geneesheer: het gaf geen pas dat de bevolking via een communiqué te horen kreeg dat men zich geen zorgen maakte over de ernst van mijn dispositie. Zij hadden het woord "dispositie" van stal gehaald en voorzagen twee mogelijkheden, ofwel ik zou mij conformeren aan het gangbare gedrag, ofwel zou ik afstand doen van het koningschap. De psychiatrie stond niet aan mijn kant. Zij kwam niet op voor het belang van mijn onderzoek. Waar het heen zou voeren wist ik niet en ik weet het nog niet.'

Agnese ging staan, maakte een paar passen zonder van zijn plaats te komen. 'Wie weet rolt er op een dag een verklaring uit over de schoenen die de inwoners dragen; kleine troontjes zijn het, kleine dressoirs. Met de greep van de voet op de grond is het treurig gesteld.'

Victor gaf een aanvulling: 'Men trof het paleis aan in een goede staat. Het interieur werd gefotografeerd, ik herinner me de berg post bij de voordeur, het bed in het tuinhuis, de gangen, de kamers, het trappenhuis, de badkamer, de keuken, de stookplaats, alles in een ordelijke staat; geen uitpuilende vuilniszakken, geen wasgoed, geen beschimmeld voedsel, geen tekenen die wezen op het langdurig verblijf van een eigenzinnig personage dat zonodig onder curatele gesteld moest worden.' Hij lachte, kwam overeind en legde broederlijk een hand op Agneses schouder. 'Je hebt ernstig gesproken en ik begin warempel te geloven dat je iets belangrijks op het spoor bent. Het spijt me dat ik me jarenlang zo formeel tegenover je heb opgesteld. Ik zag je teveel als een losbol die het ervan nam, niet van plan je leven te verdoen aan plichtplegingen, hoezeer het volk dat ook van je verlangde, een verdwaalde koning in een tuinhuis, een die zijn midlifecrisis voor vol neemt, op zoek naar iets wezenlijks, een manier van leven waarmee hij zichzelf uit zijn positie van machteloze kan tillen, vastgeklonken als hij is aan zijn Welingerichte Vertrekken die hem verhinderen op zijn woorden te komen.' Kameraadschappelijk schudde Victor aan zijn schouder. 'Ik sta naast je, voor de troon zou je toch niet gedeugd hebben.'

'Ik ga mijn fototoestel halen, ik ben zo terug.'

'Zou je dat wel doen Leon?' Hij verdween al in de donkerte, Agnese kon hem niet tegenhouden.

Victor ging zo dicht bij Elsa zitten dat zij een stukje opschoof. 'Wat nu, zo sta je naast me, zo zit je weer naast Elsa.'

Elsa gaf hem geen kans om te antwoorden. 'Hoe ging het verder, er kwam een regeringsverklaring, moest je die via de radio te horen krijgen?'

'Ik ben je erkentelijk voor je bijval Victor en ik waardeer het dat je me een aantal jaren je rug hebt toegekeerd. Moge dat zo blijven. Je formuleringen liegen er niet om, die schudt je niet uit je mouw. Maar ik moet ook Elsa tevredenstellen, mijn relaas is nog niet ten einde. Je moet weten dat de directeur van de R.P.I., dr. Hall, mij persoonlijk de regeringsverklaring kwam voorlezen. Ik zie hem nog staan, in de deuropening, een kalende man, een gouden bril op zijn ronde gezicht, de hele psychiatrie rustte in de gedaante van roos op de schouders van zijn donkerblauw kostuum.

De verklaring sprak geen oordeel uit over de weg die ik was opgegaan. Wel betreurde zij het dat ik niet bij machte was naar behoren de taak te vervullen waartoe ik was voorbestemd en die ik op mij had genomen. De slotzin luidde: Wij zullen onze plicht vervullen en het koningschap veilig stellen.

Eenmaal onder curatele gesteld moesten zij niet denken dat ik na een paar weken weer over mijn beslissingsbevoegdheid wenste te beschikken. Maar toch eerder dan mij lief was werd Neergoed mijn nieuwe verblijf.'

Weer schoof Elsa een stukje op. 'Doe dat nou niet, ik heb niet graag een arm om mijn middel,' klonk het kribbig.

'Hoor eens Elsa, je ontmoet mijn halfbroer vandaag voor de eerste keer. Hij is een apart figuur. Uit onhandigheid maakt hij fouten die hem soms niet in dank worden afgenomen.'

'Laten we gaan, ik wil naar binnen, ik krijg het koud.'

Ze ging al, en nauwelijks had ze een paar passen gedaan of Victor riep, 'Blijf hier Elsa, Leon is zijn fototoestel halen, als je weggaat vat ik dat op als een belediging.' In een paar stappen stond hij naast haar, hij tilde haar op en droeg haar terug. Elsa spartelde tegen.

'Je weet dat ik je met geen vinger aan zal raken als je daar bezwaar tegen hebt maar dat je bang van me wordt zal ik je afleren.' Hij duwde haar achteruit tegen de boom aan de voet van de trap, zijn baard vlakbij haar gezicht. Zij deed geen moeite om los te komen. 'Je ziet dat je machteloos bent,' zei hij smalend.

Ze rende weg toen hij haar losliet maar gaf hem eerst een oorvijg. Ze kwam terug, plantte haar handen in haar zij en vroeg streng aan Agnese wat dit te betekenen had.

'Je kunt zelf zien wie mijn broer is. Zijn aanpak lijkt meer op een oefening van de bescherming burgerbevolking dan op zelfverdediging in de praktijk. Hij is er wel vaker op uit dames te dragen. Ook vroeger kreeg ik hem dat niet afgeleerd. Soms is het echt lastig en brengt het verwikkelingen met zich mee, maar ik kan ook niet tevoren tegen elk van de aanwezige dames zeggen dat zij moeten oppassen voor mijnheer Penkental die erop uit is hen te dragen..., het is een liefhebberij van hem. Soms vraagt hij plompverloren aan een dame waaraan hij pas is voorgesteld of hij haar even mag optillen. Ook is het voorgekomen dat hij een dame plotseling zijn onuitsprekelijk verlangen bekent haar een keer in zijn leven te mogen dragen. Het komt voor dat de betreffende dame onverwijld toestemt en ik moet zeggen, Victor had een interessante serie foto's waarop te zien is hoe hij dames optilt. Zelfs echtgenoten tonen hun bereidwillige medewerking als het erom gaat een foto te maken van het ogenblik waarop Victor zijn kunsten vertoont. In groten getale bieden de dames zich aan om door hem in de lucht gehouden te worden. Het maakt hem rustig, je kunt er zeker van zijn nog door hem uitgenodigd te worden, hij laat zich graag voorstaan op zijn spierkracht.'

'Ik bied je mijn verontschuldigingen aan Elsa. Wat kan ik doen om het goed te maken?'

Ze lachte. Leon kwam terug, 'Mag Victor me optillen?'

'Dat hoef je mij niet te vragen,' en Victor pakte haar op, met beide armen droeg hij haar voor zich uit alsof hij haar in bed moest leggen. Leon maakte de foto, een lichtflits in de nacht.

'Nu een met Agnese,' zij ging naast Agnese staan, een arm naar voren en de mond open alsof zij een heel betoog hield. Daarna bood Victor aan een foto te nemen, dan kon Leon er ook opstaan, Agnese in het midden.

Gevieren liepen zij langs het buitenpad naar de voortuin. Victor, Elsa en Leon wilden naar de dependance, hij liet hen doorlopen, zelf ging hij zich in de salon een cognac inschenken.

11

Alleenspraak over de duisternis

De salon baadde in kunstlicht, de onverholen bende stond hem tegen. Agnese nam plaats in de majesteitelijke stoel bij de haard, hij rustte uit. Niets doen: zolang de tijd om niets te doen mij ontbreekt zal ik niet ontvankelijk worden voor het koninkrijk. Zijn gasten kleefden nog aan de stoelen waarin zij gezeten hadden, aan de leren fauteuil Kumula, aan de gestoffeerde twintigerjarenclubs Albert en Eleonora, aan de rookstoel met verstelbare leuning Leon Koperding, aan de buisijzeren: Deniak. Voor de gelegenheid van de zolder gehaald. Rita had op het bankje gezeten en Helevis in de Hortastoel. De kleine monsters legden getuigenis af van de voorbije bijeenkomst; wijn- en cognacglazen, flessen, schaaltjes olijven, asbakken, alles zorgeloos achtergelaten. Het kwam in hem op dat de stoelen hun zitters verslonden hadden, plotseling hadden zij hun kaken opengesperd. De houten geraamtes wisten van niets. Onverschillig en bot stond Koperding naast het clubje van Eleonora. In Koperdings asbak prijkten de voorbije uren in de vorm van sigarenpeuken, de morsigheden versterkten een gevoel van nonchalance dat hem belaagde. Wat bleef er over van zijn inspanningen? Na zijn voordracht schiep een stripteasemeisje in de dependance alsnog de illusie van een samenkomst die het-daglicht-niet-kan-verdragen, en dat terwijl hij geblinddoekt het woord gevoerd had. De feestelingen hadden zich verplaatst. Rita kleedde zich liever uit in een omgebouwde paardenstal dan in een salon. Zelf had hij zich van de salon ontdaan door een blinddoek om te binden, maar hoe hadden zij naar hem opgekeken? Had men wel gekeken, of domweg met gesloten ogen de voordracht aanhoord? Hij had zich niet tot een van hen in het bijzonder gericht, Rita zou dat anders aanpakken; zij daagde haar supporters uit zich van een of meer kledingstukken te ontdoen; mevrouw Tijdeveen hield wel van een verzetje. Hij moest genoegen nemen met het feit dat hij het woord gevoerd had en als enige geen verstrooiing zocht in cabaretesk vermaak, de toehoorders waren bij name bekend. Nu hij de voordracht in zijn eigen salon had uitgesproken moest hij gaan, de reis van zijn voordracht was begonnen, waar wachtte hij nog op? In een opwelling schoof en duwde hij alle stoelen achteruit, zijn eigen stoel incluis en hield pas op toen ze allemaal tegen een muur stonden. Ook de tweezitsbank moest het ontgelden. Hij deed de lichten uit, liep door de hal en beklom langzaam de trap.

Nog gingen zijn gedachten uit naar de dependance: Rita stond op de bar, aan weerskanten van haar brandde een kaars, achter een langwerpig schild van gevlochten palmbladeren verborg zij haar naaktheid.

Bij elke trede die Agnese nam scheurde hij zich verder los van zijn gasten. Was hij al op weg naar Turijn? Nam hij zijn intrek in hotel Primula aan het piazza Carignano? Naast de schouwburg. Het caférestaurant aan de andere kant van de schouwburg kon dienst doen als dagverblijf; brieven schrijven behoorde er tot de mogelijkheden en men serveerde een voortreffelijk ijs. Hij schoof zijn laarzen uit, liep op blote voeten door zijn nachtkantoor, knipte een klein lampje aan dat op het zwarte tafelblad stond, bukte zich naar zijn wereldontvanger, wendde zich weer af en sloot het raam want voor duetten en de klarinet van Steven Schans had hij geen belangstelling. Hij trok de lade van zijn nachttafel open en keek naar zijn benodigdheden: potloden, lucifers, een flesopener, knopen, sluitspelden, touw, plakband, sigarettenpapier, pakte zijn zakmes, controleerde de scherpte en stak het bij zich. Onbeantwoorde brieven staken af tegen het tafelblad dat zacht glansde. Naar Turijn en terug, daar schoot hij niets mee op, eenmaal terug zou hij zijn oude leven weer opvatten. Neergoed was de oorzaak van zijn aanwezigheid! Hij ging op zijn bed liggen en het duurde niet lang of Neergoed werd met de grond gelijk gemaakt. Hij hoorde al gerommel in de verte, gegrom dat sterker werd en aangroeide tot luidruchtig gesputter, geknerp van ijzer op steen, dreunende dieselmotoren, het kraken van hout, een doffe klap die nadreunde in muren en vloeren; zo zou het gaan. Hij zou bleek wegtrekken en zijn transistor meepakkend verschrikt naar buiten rennen. Stofwolken. Kleine rode lampjes die aan en uit flikkerden. Enorme gevaartes huilerig draaiend om hun as, tanks. Schijnwerpers: de poort en brokstukken muur vliegen tegen de grond, brullend kruipen de lampen omhoog naar het bordes. De trap afrennen, door de gang naar de achtertuin, lawaai van brekend glas, vallend puin en instortende muren. Trillend van schrik staat hij bij het eendenhok als de buitenmuren van Neergoed openbarsten onder het geweld van helse machines die zich doorgang verschaffen. Puin dondert op het gazon. Hij trekt de deur van het eendenhok open, tilt het luik in de vloer op en laat zich snel in het donkere gat zakken. Hij voelt een ladder onder zijn voeten, trekt het luik dicht en klimt in een volmaakte duisternis naar beneden. Aan de wand hangt een stallantaarn. Als enige weet hij de sleutel te liggen waarmee de deur die toegang geeft tot het gangenstelsel geopend kan worden. Hij steekt de lamp aan, pakt de sleutel en ontsluit de deur. Zijn schaduw, de stallamp en hijzelf sluiten een verbond met de gewelven. Hij loopt door een verbindingsgang naar baan drie die toegang geeft tot het derde balkon. Daar kan hij het daglicht afwachten... Hij zag de krantenkoppen al voor zich: Neergoed vernietigd. Feestelijke bijeenkomst wreed verstoord. Tanks banen zich een weg door buitenverblijf, bewoner onvindbaar. Wonderbaarlijke redding van icoon. Waar zou Emilia de nacht doorbrengen? Misschien zat zij in een snelle auto op de Duitse autobanen, de icoon veilig opgeborgen in haar kleine koffer terwijl Neergoed tegen de grond lag. Het hoogste gezag had het nuttig geoordeeld hem zonder voorbehoud uit zijn verblijf te verjagen, het liet zien dat het haar ernst was. Het wilde voorkomen dat zijn capaciteiten zouden wegteren in een rusthuis en stond niet toe dat zijn vertrouwelingen hem zouden verslinden.

Hij vervolgde zijn ondergrondse tocht als een aardmannetje dat rateltaaltjes, slagzinnen en boemzen laat opklinken, vlugge uitspraken om zijn gemoed te luchten en zijn kwaadaardigheid op de proef te stellen. Aardmannetjes vinden altijd hun weg; zij gooien met aardappelen en trekken aan de wortels van planten en bomen. 's Nachts klimmen zij in de stammen en pakken vogels van de takken. Zij maken broekjes van de veren en kettingen van de botjes. Zij verorberen het vlees en verstrooien de ingewanden voor de katten en de ratten die in het donker door het struikgewas kruipen op zoek naar een prooi. Zijn lippen trilden, maar hij vermande zich, hij moest zich wapenen tegen gemoedsaandoeningen. In de aarde speelde het gemoed een heviger rol dan in de lucht, dat mocht hij niet vergeten. Hij dwaalde door een uitgeholde zeebodem, hoge gewelven die door een woud van pilaren werden gesteund, een verlaten ondergrondse tempel in de heuvelrug.

Op het derde balkon boden drie kamergrote openingen in de steile wand van een ravijn uitzicht op de nacht. Hij naderde de rand tot op een halve meter om in de donkere diepte te kijken. Hij blies zijn kaars uit. Al gauw wenden zijn ogen aan het grauw nachtelijk schemeren. Hij keek in een onherbergzaam landschap; opgetogen en angstig wachtte hij af, kon het zijn dat een onbekende kracht hem onverhoeds een stap naar voren liet maken? Was het mogelijk dat zijn spieren het begaven? Voorzichtig ontspande hij zich, achteroverhellen was een teken van zwakte. Hij keek uit op de kruinen van bomen, op struiken en brokken steen die naar beneden waren gerold. Hij deed een stap terug, keerde het balkon de rug toe en strekte zich uit op een bed van mergel, een onvindbare plaats in zijn kalkstenen paleis. Ver hoefde hij niet meer te gaan, bij de tweede versmalling de luchtkokers tellen, bij koker zes zaten haken in de wand waarlangs hij naar boven kon klimmen. Hij zou uit de putring klimmen in de pré de la chataigne de cheval. ...Majesteit, bent u het? Wat een tegenslag, vreselijk, dat u dit moet overkomen! Ja, ik herken u wel al draagt u een baard, een bril en een alpino. Laat me u haar wegkammen, ik kam het achterover..., zijn dramaturge.

Emilia had hem op de proef gesteld! Hij ging zitten, haalde uit zijn jaszak het pakje Pall Mall, streek zorgvuldig een lucifer af en zoog het vuur naar zich toe. Snel knipte hij de lamp uit om bij het licht van de lucifer zijn eigen bewegende schaduw op de muur te zien. De vlam doofde uit. Hij rookte. Gewichtloos diende Emilia zich aan. Zij poseerde in de deuropening en vroeg hem mee te gaan naar Parijs maar hij kon niet weg. Mijn zangen zijn nog niet geformuleerd, vrijwel niemand weet waaraan hij zich moet houden. Bevallig keek zij hem aan. En ik moet nog straffen uitdelen. Ga nu.

Hij drukte zijn sigaret uit en stelde met voldoening vast dat hij geen hand voor ogen kon zien. De heerschappij van de nacht deed zich gelden; geen muren, geen meubels, geen drukwerk, niets, een man zonder familie in geleende kleren die zelf uit moest maken waar hij wilde gaan of staan. Als enige had Emilia hem op de proef gesteld; zij dacht aan zichzelf, met de opbrengst van de icoon kocht zij zich vrij.

Om aan wervelende gedachten een halt toe te roepen repeteerde Agnese de aanhef van de Alleenspraak over de duisternis. Hij ging op de grond zitten.

'Laat mij in het tijdperk van de Verlichting te rade gaan bij de krachten der duisternis die van meet af aan in een kwaad daglicht zijn gesteld.' Hoe gingen de woorden... 'Duisternis die mij van de zichtbare omgeving bevrijdt...' zo was het niet, 'Waarom ploeter ik voort of er geen nacht bestaat, waarom minacht ik het blinde uur.' De woorden zinden hem niet en andere aanroepingen schoten hem niet te binnen. Hij knipte het licht aan en vond tussen zijn post de papieren die hij nodig had. 'Vind in de nacht wat zij biedt, haar diepste duisternis onttroont de ogen; het lichaam keert terug naar de grond, waar tref ik zo'n duisternis aan? Zij draagt geluiden aan van wind in de bomen, van vleermuizen, egels en katten. In een donker vertrek neemt de verbeelding haar loop...' De tekst schoot niet op, hij wachtte, dacht aan een boer die op de radio had verteld dat hij op donkere winteravonden in zijn stal ten overstaan van zijn koeien op zijn tuba speelde. Hij zat in een orkest.

'Aanvaard de nacht zonder verweer, haast U niet, herkauw in gedachten alles wat uw ogen hebben verslonden.' De bladzijde omslaan trok hem niet, hij dacht aan Igenhofs voorstel, een maand vakantie aan zee in een rustige badplaats om de herstellende kracht van een natuurlijke omgeving te ondergaan; strand, golven, zeevogels, wind, schelpen, het getij... En na die maand, had hij gezegd, na die maand zie je wel weer, vertrouw erop dat je er niet op achteruit gaat. Een lichtzinnig voorstel, niet eens een pas op de plaats. Als een vertegenwoordiger had hij Igenhof nog eens uitgelegd dat de macht van de ogen over het lichaam kunstmatig wordt verlengd in nachtelijke uren die toekomen aan de tast en het horen, maar Igenhof had zijn voorstel niet ingetrokken. Hoe ging de Alleenspraak verder, bladzijde twee, hij las hardop, 'De nacht biedt het genot van voorzieningen die des daags zijn getroffen, men zit bij het vuur en bij het licht van een kaars schenkt men de wijn. Het huis is donker. Hoe ver moet men gaan om uit het licht der straatlantaarns te geraken? Ga, zoek de duisternis buiten, zij komt U toe.' De tekst begon hem aan te spreken, duisternis in kamers interesseerde hem niet, het ging om de duisternis buiten. Kon hij maar buiten wonen; hij kon Deniak opdracht geven een schuur voor hem te bouwen, een uitbreiding van het houthok in de achtertuin. Een warm gevoel steeg in hem op. Zou het hem lukken in het spoor van kluizenaars en zonderlingen zich aan de dwingelandij van het georganiseerde leven te onttrekken? Had de toekomst uren en dagen van retraite voor hem in petto, een schuur waarin hij niet belaagd werd door huisraad. Wie hem wilde spreken moest op de deur kloppen. Vanachter de deur zou hij antwoord geven. Vrouwen die hem eten kwamen brengen zou hij te woord staan en in het hele land zou hij vrouwen oproepen hem eten te brengen. Dinette zou alle meisjes en vrouwen die zich aandienden aan de poort in Neergoed ontvangen en hen iets te drinken aanbieden. Tezamen zouden zij het voedsel opeten dat zij hadden meegebracht. Zelf zou hij eten met de brengster van zijn maaltijd. Neergoed werd een restaurant. Dagelijks reserveerden honderden vrouwen telefonisch een zitplaats om te midden van anderen hun meegebrachte maaltijd op te eten. Hij zou brieven krijgen van vrouwen die hem wilden aanraken, van vrouwen die droomden van omhelzingen en hun kleren afwierpen. Terwijl zijn voormalige woning gonsde van de stemmen zouden hij en zijn bezoekster in zijn schuur over de mat rollen. Kwam hij alsnog te voorschijn in het restaurant dan zou hij het licht uitdoen en antwoord geven op alle vragen die hem gesteld werden.

Hij maakte zijn hangkast open, knielde en stak zijn hoofd in de donkere ruimte onder zijn garderobe, het eerste regiment van zijn lijfwacht. Hij snoof de geur op van leer, hout en linnen. Zou er nog een dag komen waarop hij voor zijn genoegen een van zijn gekwalificeerde kostuums zou aantrekken, zijn gele smokingjas met zijden revers en zwarte bies, zijn gestreept zwartblauw Italiaans kostuum met dubbele sluiting... Goed in het pak kon hij zich opnieuw beschikbaar stellen voor conversaties. Leon Koperding zou met hem twisten over de betekenis van het drama, zijns inziens lag het zwaartepunt van het drama in de ogenblikken van tegenzin, in ieder geval vond Koperding het de moeite waard die stelling te verdedigen. Ontsnappingsmogelijkheden trokken hem niet aan; de dramatische lading moest te voorschijn komen. In de zijzak van zijn Italiaans kostuum vond hij een potlood, wat viel er te schrijven? Waar het kleine schilderij van de kluizenaar ontbrak schreef hij: naar Emilia. Zij had zich toegang verschaft tot de hofdag. Zij had zich een weg gebaand door zijn vertrekken en een schadeloosstelling geëist. Hij schaamde zich niet, ten opzichte van haar had hij zich hoffelijk gedragen. Agnese liep naar de badkamer om in de spiegel naar zijn gezicht te kijken. Weer moest hij wennen aan zijn uiterlijk, de man met zijn naam. Hij draaide de zijspiegels van het drieluik naar voren: reeksen hoofden rangeerden mee in de spiegelvlakken. Hij kon niet zien wat er in die hoofden omging, alleen hun uiterlijk drong tot hem door. Het kwam hem voor dat hij pinguïns zag. Hij dacht aan Bela Belinfante die "Het eiland der pinguïns" voor hem meegebracht had, ging terug naar zijn nachtkantoor waar het lijvige boek van Anatole France nog onder zijn bed moest liggen. Staande voor de spiegel herlas hij de aangestreepte passage waarin de kenmerken van pinguïns ter sprake kwamen: een ernstig onbewogen uiterlijk, komieke waardigheid, familiariteit vol vertrouwen, de ietwat spottende goedigheid, de linkse en tevens plechtige manieren, ordelievendheid, druk in de weer zijn met staatszaken, een sterke neiging tot het houden van redevoeringen, belust op toneelopvoeringen en misschien wat naijverig op de overheden. Hij begreep wel waarom zij dat boek had meegebracht, dat bezoek aan de dierentuin was maar bijzaak! Leek hij ook op de bijziende missionaris die een kolonie pinguïns toesprak in de veronderstelling dat het mensen waren die het sacrament van het doopsel wilden ontvangen? Hij draaide de kraan open om het geluid van water te horen. De pinguïns snaterden. Hij blies naar zijn spiegelbeelden maar de hoofden gaven geen krimp. Hij klapte de spiegel dicht, bukte zich naar het water en maakte zijn haren nat.

In het donker vond hij de weg naar beneden.

12

Turijn Turijn

Hij stak het licht niet aan. Tevreden dat hij zich niet in zijn nachtkantoor had afgezonderd stapte Agnese door de ruime salon; de meubels aan de kant, daar hoorden ze te staan. Zijn gasten hadden niet te klagen over de ontvangst; aan markante ogenblikken ontbrak het niet. De reünie speelde zich af op meerdere plaatsen tegelijk, wie in de dependance zijn heil zocht kon niet tegelijkertijd in de salon zijn, daar moest hij vrede mee hebben. Ieder was vrij te gaan en te staan waar hij wilde. De verlaten salon trok hem aan. Het tafelkleed in de serre tekende zich vaag af, op een paar flessen na was het leeg en hij moest zijn hand al vlak voor zijn ogen houden om tussen zijn vingers door licht te zien. Van het raam dat Anatole wijselijk had opengeschoven tot aan de hal liep hij minstens twintig passen. En weer terug. Als enige. Iedereen koos voor de dependance, ook Deniak, ook Helevis. Licht, levende muziek, drank en vrouwen; de oude verrukkingen. Hij hield de salon open, iedereen was welkom. Eigenlijk was zijn verhaal pas goed op gang gekomen na het vertrek van Emilia, voordien had hij zijn woorden op het gezelschap moeten veroveren. Was zij erbij dan stond zij in voor de geloofwaardigheid van zijn relaas en zij had hem niet onderbroken hoewel de waarheidsgetrouwheid van zijn verslag te wensen overliet. Zij begreep dat het niet om een nauwkeurige weergave van de feiten ging maar om de betekenis van het drama; alles wat er de laatste jaren aan gedachten en gevoelens in hem was opgekomen had hem niet van zijn onderzoek afgebracht. Eigenlijk mocht hij in haar aanwezigheid niet praten over zijn laatste-maanden-in-het-paleis. Door haar als medestandster ten tonele te voeren deed hij zichzelf tekort. Een dergelijk getuigenis kreeg pas betekenis als zij ermee op de proppen kwam maar tot dusver had zij er de voorkeur aan gegeven zichzelf op te voeren als een meisje van vermaak. Been zag het goed, de belangstelling van de inwoners voor zijn aanpak zou toenemen als zij verhalen over ruzies, intriges en overspel aan het hof in omloop bracht. Moest hij daar bezwaar tegen hebben? Hij had haar nogal nonchalant uitgeleide gedaan, die icoon was een vermogen waard. Had hij maar van het begin af aan geweten dat het om een zwijggeld ging, het had hem geen moeite gekost haar eis in te willigen; het had zelfs meer voor de hand gelegen dat hij, Agnese, met een dergelijk voorstel gekomen was. Een zwijggeld en nu geen geroddel meer in de boulevardbladen, 't was een billijke eis; alles was in orde, zij gaf te kennen dat zij een periode afsloot en aan iets nieuws begon, hij stelde haar daartoe in staat.

Toen hij een lamp aanstak om zich een glas wijn in te schenken zag hij het schrijfboek van Wolfgang op tafel liggen. Vergeten, achtergelaten, opzettelijke nonchalance. Een onweerstaanbare kracht dwong hem het tafelkleed op te tillen om te zien of Wolfgang zijn hok had verlaten; hij kon in slaap gevallen zijn. 'Wolfgang?' Niemand. Hij nam het zwarte boekwerk in de hand en las op de eerste bladzijde: Opgedragen aan Z.K.H. Agnese, uit erkentelijkheid en om mijn plicht niet te verzaken, bevattende uitspraken van mijzelf en anderen, overgezet door Wolfgang I in de Nederlandse taal. Hij bladerde door de fragmenten, zag onbekende namen, en schreef onder zijn eigen naam: met tegenzin aanvaard, citatenboek = volière. Een gedicht van Robert Walser trok zijn aandacht. 'Als altijd' stond er boven. De lamp is er nog, / de tafel is er ook nog, / en ik ben nog in de kamer, en mijn hevig verlangen, ah, / hunkert als altijd./ Lafheid, ben jij er nog? /

en, leugen, ook jij? / Ik hoor een donker ja: / het onheil is er nog, /en ik ben nog in de kamer / als altijd. De Duitse tekst was hem liever. Hunkeren, het enige werkwoord dat houvast bood, een lelijk woord, smachten klonk al beter. Ten prooi vallen aan een smachtend, hevig verlangen, daar kon hij zich niet mee inlaten. Hij legde het boekje in de open haard en stak het aan, blauwe en gele vlammetjes ontnamen aan de woorden hun vaste grond. Uit de glazenkast nam hij twee wijnglazen, schonk ze beide vol en herstelde met een enkel armgebaar de duisternis. Zijn stoel in de hoek tegen de muur naast het opengeschoven raam leek hem de beste plaats, van daar uit kon hij de afwezigen in de andere stoelen onder vuur nemen. De vrienden wisten niet wat er aan hun neus voorbijging. Wat kwamen ze eigenlijk doen? Al met al was Bela Belinfante de enige die er voor uitkwam dat zij iets beters te doen had dan hofhouding spelen. Zij had een diep wantrouwen tegen samenhorigheid en zou nooit met de anderen samenhokken in een schuur. Zij zou de schuurdeur opengooien en met een felle aanklacht de oren teisteren. De dag erna zou zij betreuren dat zij zich zo had laten gaan.

Agnese hoorde voetstappen in de hal, de deur ging open, het licht aan. Anatole, nog in livrei. Hij verontschuldigde zich, had niet verwacht nog iemand in de benedenvertrekken aan te treffen. Als een voorbeeldige bediende hield hij afstand zonder zich over zijn meester te verbazen, zonder nieuwsgierigheid.

'Dit is de laatste grote ontvangst in Neergoed geweest,' zei Agnese, alsof hij met zijn knecht een nabespreking begon, 'mijn gasten hebben er geen vermoeden van hoe ik mijn dagen slijt.' Hij hield een hand voor zijn ogen, gebaarde dat het licht aan kon blijven. 'Kom binnen, je hebt je heel goed van je taak gekweten.'

'Dank u majesteit voor het compliment dat u mij maakt. Had ik kunnen vermoeden dat u hier zou zitten ...'

'Al goed, al goed.'

'Ik wilde het raam komen sluiten...'

'Bewonderenswaardig hoe je alles in de gaten houdt. Alleen het overdreven aanbod van gebak en koeken deze morgen viel uit de toon.'

'Alles eigen fabrikaat majesteit.' Anatole maakte een diepe buiging om alsnog zijn waren aan te prijzen, 'Uw gasten hebben alles opgegeten.'

'Dat verbaast me niet.' Agnese liep naar de schenktafel, pakte het tweede glas dat hij voor zichzelf had ingeschonken en liep ermee naar Anatole, hij respecteerde zijn gewoonte om in de deuropening te blijven staan. 'Ik wil een glas wijn met je drinken Anatole. Jij beseft dat ik er niet op uit ben personeel in dienst te hebben maar dat het nu eenmaal onmogelijk is Neergoed zonder personeel op waardige wijze te bewonen, zoals toch van mij verlangd wordt.'

'Op waardige wijze,' herhaalde Anatole. Zij dronken beiden hun glas half leeg. Agnese keek zijn knecht vergenoegd aan, het voortbestaan van Neergoed was bij hem en zijn vrouw in goede handen.

'Op waardige wijze, dat wil zeggen in overeenstemming met het aanzien van het pand en het terrein. Als ik me voorstel dat ik hier alleen zou wonen liet ik de boel zo verwilderen dat het leek of in geen tien jaar hier iemand voet aan de grond had gezet; vuil en spinnenwebben op de ramen, kapotte dakgoten en donkere leksporen van water op de muren, brandnetels tot schouderhoogte.'

'Dank u wel Majesteit.'

Agnese nam een slok, zijn knecht volgde het voorbeeld.

'Ik wil graag iets zeggen Majesteit.'

'Stel het niet uit.'

'Dat u mij hebt benoemd tot Heer van Knevel zie ik als een blijk van waardering voor de wijze waarop mijn vrouw en mijn persoon Zijne Majesteit ten dienste zijn. Mag ik uit mijn benoeming opmaken dat...' hij kneep zijn lippen opeen en nam extra lucht door zijn neus, 'dat Dinette en ik hier kunnen blijven wonen?'

'Maak je niet ongerust. Heb je niet begrepen dat jij en je

vrouw op Neergoed niet gemist kunnen worden. Hotel Neergoed.' Agnese zag geen noemenswaardige verandering in de uitdrukking van het altijd weer zijn belangstelling gaande houdende gezicht van zijn knecht.

'Wil je nog iets zeggen Anatole?'

'Waarover majesteit?'

'Vraag dat niet aan mij.'

'Ik heb kennis mogen maken met mevrouw Ter Slieven. Zij heeft een zoontje van twee jaar. Mevrouw Ter Slieven zegt dat zij hier komt wonen.'

Agnese hoorde het in Keulen donderen. 'Tegen mij heeft zij dat niet gezegd Anatole, het verbaast me dat jij het bent die me dat komt vertellen.'

'Mijn vrouw zou het prachtig vinden. Zij verheugt zich op het kleine jongetje, zij is veel alleen.'

Agnese begon te lachen, hij legde zijn hand op Anatoles schouder en zei gedragen en met zwier, alsof hij een nieuwe handeling aankondigde voor een onzichtbaar publiek, 'De koning en zijn knecht, een klassiek stel in de literatuur, maar zo-een als jij is er nog niet geweest.'

Er verscheen een niet-begrijpende uitdrukking op Anatoles gezicht.

'Nu jij,' drong Agnese aan, 'de koning en zijn knecht, probeer het eens, de koning en zijn knecht, een klassiek stel in de literatuur, probeer het. Je hoeft niet altijd bescheiden in de deuropening te staan, je mag best een keer te voorschijn komen. Je komt binnen, je maakt een buiging vanuit de deuropening naar het publiek dat in de stoelen zit. Nu zit er niemand maar dat maakt geen verschil.' Anatole kwam niet in beweging.

'Laat maar achterwege, dit gaat te snel, je bent nu in een andere rol: boodschappenjongen spelen voor mevrouw Ter Slieven..., zie hoe ze je nu al gebruikt. Moet ik uit jouw mond vernemen dat zij..., nee, hier staan andere dingen te gebeuren. In dit vertrek bijvoorbeeld: alle meubels eruit, alleen mijn zetel blijft staan.' Pratend liep Agnese naar zijn stoel. 'De voorzieningen in dit huis moeten worden teruggebracht tot voorzieningen-voor-een-persoon. Een persoon en niet meer. Die persoon ben ik. Dus geen twee kopjes, geen twee glazen, geen twee stoelen, geen twee tafels, geen twee bedden. Alleen het gastenkwartier blijft intact. Mocht mevrouw Ter Slieven hier ooit logeren dan maakt zij daar gebruik van.' Vanuit de verte stak hij ten afscheid zijn glas omhoog. 'Zij is mijn tolk maar haar voortdurende aanwezigheid zou mijn toewijding ontluisteren.'

Anatole maakte een buiging en verdween.

Agnese raakte verzeild in gedachten waarin hij zichzelf bij de voordeur zag staan. Hij deed niet open. Aan de andere kant van de deur hoorde hij de stem van Emilia. Zij probeert hem te overtuigen van zijn ongelijk: hij moet de deur niet op slot houden. Hij geeft haar te verstaan dat zij naar het gastenverblijf moet gaan, daar is plaats genoeg, en als zij wil kan ze hem een brief schrijven.

Hij hoorde stemmen in de hal, Albert Igenhof en Eleonora, 'Waar heb je je jas gelaten?' 'In de auto.' 'Weet je het zeker? Dan gaan we de gastheer... er is licht in de salon.' Hij liep hen tegemoet. Eleonora's oogzwart was uitgelopen.

'We komen afscheid nemen. Het was een prachtige dag, een dag om niet gauw te vergeten.'

'Wanneer zal ik je terugzien Eleonora? Ben je ook in staat de weg naar Neergoed alleen af te leggen? Ik kan je toch niet blijven ontvangen als je nooit op eigen kracht hierheen komt.'

Helevis drukte hem zwijgend de hand. Deniak zag hij niet. Ook Rita gaf hem een hand, haar kleine hand die hij kende uit vroeger dagen, toen hij de dans beoefende.

Hij hoorde de stemmen van Been en Nimband, deed een stap naar voren, keek langs Helevis en Rita naar het gezelschap dat aan kwam lopen.

'Dames en heren vrienden, bespaar mij uw onverbiddelijke plichtplegingen en afscheidsformules. De vele gebeurtenissen vandaag brengen met zich mee dat ik niet beschikbaar ben voor afscheid. Bespaar mij de welgemeende dankbetuigingen die over uw lippen dreigen te komen nu u van plan bent huiswaarts te keren. En dat gezamenlijke huiswaartskeren bevalt mij niet.'

Agnese liep de trap op, hoorde Eleonora, misprijzend, 'Krachtige taal op het late uur' zeggen, keerde zich om en beet haar toe, 'Laat het zo zijn Eleonora, en doe het licht uit voor je de deur achter je dichttrekt.'

Traag liep hij naar boven, vanwaar deze plotseling opwelling. Hij praatte in zichzelf: ik jaag hen in het harnas, zij zullen met leedvermaak aan mij denken. Nora klampt zich vast aan haar held, aan haar kolonel ontleent zij haar zelfvertrouwen, aan het domme feit dat hij haar duldt. Albert Igenhof, zelfverzekerd genoeg om Victor een boy-scout te noemen. En waarom nam Helevis het voor Emilia op? Een eigenaardige uitroep, je kunt niet zeggen dat zij een van ons in het ongeluk heeft gestort. Lag daar een grens? Victor had zich op haar komst voorbereid. Deniak trad op als tegenspeler. Emilia wo bist du blieben... Zij had haar eigen spel gespeeld. Door vroegtijdig weg te gaan had zij de eer aan zichzelf gehouden, de arglistige. En nog had zij kans gezien hem via Anatole van haar bedoelingen op de hoogte te stellen. Door de knecht voor zich in te nemen had zij ruimte geschapen voor haar komst. Weer maakte hij zich kwaad; zijn hofhouding had hem op de proef gesteld. Vrouwengek Igenhof was de aanstichter. Hij had hardop een liefdesverklaring afgelegd en gezegd dat hij haar graag opnieuw aan de inrichting verbonden zag.

Het eerste wat hij deed in zijn nachtkantoor, het raam open zetten. Geroezemoes en stemmen op het bordes, hij leunde naar buiten. Zijn vrienden klonterden samen, die plotselinge eensgezindheid moest iets te betekenen hebben, blijkbaar was niet alles naar wens verlopen. In groepjes stonden zijn gasten bijeen. Albert Igenhof had iets te regelen, hij liep van Helevis en Eleonora naar Kumula, van Kumula naar Wolfgang, van Wolfgang naar Rita en Renato, vroeg: waar staan Leon en Elsa? kreeg van Elsa antwoord en fluisterde ook hen iets in het oor. Zelf lachte hij om zijn eigen woorden. Eleonora trok hem aan zijn mouw, 'Kijk, Agnese hangt uit het raam.' Albert keek.

'Je bent niet alleen een vrouwengek, je weet de boel ook aardig in scène te zetten.' Hij was goed verstaanbaar, iedereen keek naar hem op. In het licht van de buitenlamp zag hij verbazing op hun donkere gezichten. Igenhof begon te lachen. Eleonora en Rita vielen hem bij. De ambtenaren begonnen in hun handen te klappen.

'Wat voeren jullie in je schild?'

'Het cabaret is nog niet afgelopen,' kraaide Igenhof. Hij koerste naar de buitenlantaarn en hield een klein voorwerp bij het licht. Agnese herkende de zilverkleurige revolver die in de zak van zijn smokingjas zat. Ook Victor en Leon hielden eenzelfde kleine revolver omhoog. Na het aftellen van Rita vlogen hem de knallen om de oren. 'Stilte voor het acrostichon,' riep Albert. Een onbeweeglijk standbeeldentheater leende het oor aan de nacht. Helevis maakte een stap naar voren, bleef opnieuw een paar tellen onbeweeglijk staan, richtte zijn hoofd op.

'De stilte is voorbij, beginnen.' Dat was Rita.

Helevis begon. 'Een van ons komt terug op eigen aandringen. Maar eerst moet zij haar zaakjes regelen. Is het te verstaan wat ik zeg? Leg haar niets in de weg. Ik juich toe dat zij komt. Als vanouds zullen wij je weten te vinden.'

Als tweede boodschapper stapte Albert naar voren.

'Troost U niet enkel met gedachten Hoogheid. Emilia is terug. Reken maar dat zij een stroomversnelling veroorzaakt.'

Kumula maakte zich kwaad. 'Spelbedervers zijn jullie. Lach niet. Ik voorzie een koningsdrama.'

Leon nam zijn denkbeeld over. 'Een spectaculair tafereel waarin de zweep gehanteerd wordt. Voor iedere inmenging drie zweepslagen. Een man die zijn afzondering verdedigt en niet duldt dat iemand hem gadeslaat.'

'Naast hem een vrouw die hem uit zijn tent lokt,' vulde Elsa aan. Victors stem klonk plechtig. 'Wij vinden drie jaar afzondering lang genoeg.'

Leon: 'En reken maar dat we je komen opzoeken.'

Elsa: 'Leon kan niet uit mijn naam spreken.'

Rita: 'Kijk uit Majesteit, vrouwen zijn niet te vertrouwen.'

'Ophouden nu,' de zware stem van Albert. Als een boze fee zei Eleonora er achter aan, 'Misschien kun je aan het huishouden ontsnappen maar je hofhouding laat je niet in de steek.'

Agnese had geen zin om zich nog langer met de bemoeizucht van zijn hofhouding in te laten. Hij dankte de aanwezigen voor de aubade en deed het raam dicht. Het kostte hem moeite te aanvaarden dat hij in een stroomversnelling terecht was gekomen; het ogenblik van de keuze ontbrak, met man en macht werd Emilia hem opgedrongen terwijl hij zijn toenadering tot haar had uitgesteld omwille van zijn afzondering. Zijn hofhouding had haar eigen plannen met hem, dat bleek wel. Zij speelden open kaart voor de hofdag ten einde liep. In de dependance hadden zij hun plan opgemaakt, dat kon niet anders. Natuurlijk had hij uit de cabaretnummers alles moeten begrijpen, maar als enige was hij er niet naar toe gegaan. Het refrein dat hij tijdens de middagrepetitie had gehoord liet ook al niets te raden over; hij herinnerde zich de woorden, 'met een hamer sloeg hij alles in elkaar, hij was verliefd op dat simpele gebaar, niemand in zijn omgeving had bezwaar'. Zij drongen hem gezelschap op. Zij wisten dat hij een zwak voor haar had. Helevis wist het. Deniak wist het. Dom o dom, nooit had hij zijn belangstelling voor haar mogen laten blijken. Hij had zelf een beslissing moeten nemen. Zeven passen van het raam naar de deur en weer zeven van de deur naar het raam... Buiten hem om Emilia op de hofdag ten tonele voeren, haar ter discussie stellen en schoon wassen, was dat vriendschap? Victor en Helevis haar pleitbezorgers, Deniak de weerspannige.

Hij maakte licht en keek naar het kleine pistool dat hij in de tafellade had gelegd. Wie had zijn hofhouding van haar overval op de hoogte gesteld? En in zichzelf zei hij de ontluisterende woorden: ze hebben mij te pakken genomen, eenmaal beneden begon Eleonora onmiddellijk mijn voordracht te attaqueren. Iedereen deed of er boven niets was voorgevallen. Dubbelspel. Weer werd hij kwaad, kwaad omdat diepe beseffen in hemzelf niet geldig werden. Om een weeïg gevoel in zijn buik te verdrijven moest hij dieper ademhalen. Decompositie. Taalzinnen vielen uiteen, woorden verloren hun samenhang en tuimelden terug in de taalvlakte.

Zittend aan de tafel woelde de naam "Turijn" in zijn binnenste. Zijn ellebogen steunden op het tafelblad, zijn handen bedekten zijn gezicht. Hotel Primula aan het piazza Carignano zou hem onderdak verschaffen. Op zoek naar een hotel was hij bij toeval op het plein terechtgekomen. In het café naast de schouwburg..., het repeteren van de gegevens wekte zijn reislust op. Hij moest diep ademhalen om zichzelf, zoals hij door Turijn liep, van genoeg lucht te voorzien. Zijn ouderwetse hotelkamer bood uitzicht op het koninklijk paleis. Achter de barokke gevel lag de kamer waar de prinses van Carignon in 1820 een zoon baarde die op eenenveertigjarige leeftijd de eerste koning van Italië zou worden. Zelf had hij, 41 jaar oud, afstand gedaan van de troon. Met beide handen wreef hij langs zijn wangen, prinsessen en koningen hadden over dat plein gewandeld nog voor het verkeerslawaai er de toon aangaf, gedachten aan explosiemotoren waren nooit bij hen opgekomen. Nu stond voor het palazzo Carignano een troep grommende honden te wachten op groen licht.

Hij doorkruist de binnenstad. De rechte straten en pleinen waarop het verkeer en de voetgangers te voorschijn komen bieden hem een decor dat zich niet inlaat met individuele beslommeringen. Straten en pleinen lijken op straten en pleinen waar hij al gelopen heeft en hoe langer hij loopt hoe ongeloofwaardiger het hem voorkomt dat hij steeds nieuwe pleinen betreedt. Hij ziet de uitbreiding in steen van de voorname opvatting van machthebbers over leven en dood. Hij herkent de fanatieke wil om via de architectuur en de inrichting van de stad de inwoners het gevoel af te dwingen dat zij deel uitmaken van een volk dat geen vreemde overheersers duldt. Vaalgeel is de kleur van Turijn. Telkens treedt hij uit de schaduw en de koelte te voorschijn in het felle zonlicht, hardnekkig repeteert zijn verbeelding hetzelfde tafereel, keer op keer wordt hij teruggeplaatst in de schaduw. Zijn gedachten snellen voort op het ritme van de arcades.

Een voornaam gevoel stijgt in hem op, een gevoel dat hij op prijs stelt na tijden van achteloosheid en verwaarlozing van zijn zelfrespect. Hij had zich in de modder gewenteld, hij had zich niet geschaamd in aanwezigheid van het personeel languit op het vloerkleed te liggen.

Zuchten hielp niet, hij stootte met zijn ellebogen tegen het tafelblad om de bons te horen en pijn te voelen. Al die hulpstukken, die protheses, maakten hem invalide. Krukken waren het en wie een kruk nodig had ging mank. Onnodig met krukken lopen was niet geoorloofd; wie enkel en alleen voor zijn genoegen met krukken liep zou smaad op zich laden, want waar kan men dan nog van op aan, een man met krukken mag er uit hoofde van zijn gebrek aanspraak op maken dat men hem ontziet. Met krukken moest men voorzichtig zijn.

Het idee met een kruk door Turijn te lopen bracht een lach op zijn gezicht. Hij strompelde door de via Carlo Alberto naar het gelijknamige plein. Hij hoefde niet voort te maken want hij leunde op een kruk. De straat was zijn domein. Op weg naar de toren van Antonelli trok een oploop bij de gebouwen van de RAI zijn aandacht. Politie hield de straat afgesloten voor verkeer.

Een bomalarm had het personeel de straat opgejaagd. Mannen en vrouwen stonden in groepjes te praten, men wachtte af hoewel de gestelde termijn verstreken was. Een man in lichtgrijs kostuum droeg een grote camera op zijn schouder, klaar om de eventuele explosie te filmen. De stemming was nonchalant. Hij wenkte de cameraman, twee drie mannen kwamen naar hem toe. Hij sprak Duits, Frans en Italiaans door elkaar, hij wenste een verklaring af te leggen. Men vroeg hem waar het over ging. Hij kwam de bommelding opeisen. 'Ik ben gekomen op aanbeveling van mijn moeder.' Madre Mia, daar hadden ze niet van terug. Het rode lampje op de camera sprong aan, hij sloeg zijn handen voor zijn gezicht, draaide zich om en bond de sjaal die hij om zijn hals droeg als blinddoek voor zijn ogen. Het ging niet om zijn gezicht. Hij begon het personeel van de RAI te prijzen om het voorbeeld dat zij gaven door de straat op te gaan nu hij op eigen kracht naar de studio's was gekomen. Er ging toch niets boven een buitenopname. Was men ervan op de hoogte dat hij vrijwillig afstand had gedaan van de troon? Hij had zijn lijfwacht ontmaskerd. Pas als het hem zou lukken zich aan de macht van zijn lijfwacht te onttrekken kon hij vrijuit spreken. De duisternis kon hem daarbij helpen, de duisternis die zo welwillend de ogen onttroont en een nieuwe hiëarchie van de zintuigen in het leven roept. De mensen hadden de duisternis verjaagd, zij hadden een bondgenoot verdreven die hen hielp zich een eigen voorstelling te maken van het heelal en de uitzonderlijke ontwikkeling van de planeet aarde. De lage landen bij de zee toonden zich extra gevoelig voor de gevolgen van de mondiale vijandschap met de duisternis. De rivieren waren niet meer bij machte vruchtbare rivierklei aan te voeren. Men kon de koeien niet langer toestaan uit de rivieren te drinken en ook de inwoners moesten het water mijden. Onoverkomelijke moeilijkheden deden zich voor in de drinkwatervoorziening. Consumptie van vis werd ontraden. Het land ging aan kunstlicht ten onder, waar kon men nog duisternis vinden. Wie zich niet opsloot in een kamer moest kilometers lopen om aan het kunstlicht te ontkomen. Een zwarte lucht was een zeldzaamheid.

Uit een zuidelijk gevoel voor straattheater liet men hem aan het woord. Hij deed er nog een schepje bovenop.

Niet alleen de industrie, ook die vijftienmiljoen koeien, varkens en schapen en die honderdmiljoen stuks pluimvee scheten er maar op los, er was geen houden meer aan. Het land was onbestuurbaar geworden. De politiek had de handen vol aan het nemen van maatregelen ter bestrijding van ongerief, die in de praktijk heel anders uitpakten dan men te kennen had gegeven. Zo'n land verdiende een lege troon. De inwoners, jong en oud, lieten zich voorstaan op de catastrofale gevolgen van hun arbeid. In brede massa's schoof de bevolking door de winkelstraten. Hij begon sneller te spreken want hij moest nog zeggen dat het journaal er verstandig aan zou doen wat vaker uitlaatgassen, lozingen en afval van kerncentrales in beeld te brengen. Het journaal kon er voor de helft mee gevuld worden en als gebruik werd gemaakt van live-opnames trof men de actualiteit in het hart. Of de heren en de dames van de RAI dat goed in hun oren wilden knopen.

Men liet hem niet uitpraten. Hij kreeg geen kans meer om te vertellen dat kapelmeester Penkental, geboortig uit Turijn en begraven op het Cimetiero Generale, zijn moeder voorlas uit oude Italiaanse banden, maar dat zijn moeder verzuimd had haar zoon in te wijden in de Italiaanse taal; zij wilde geen indringers in haar gedachtengoed.

Iemand pakte hem bij de arm, een vrouw, en bracht hem naar het trottoir. Strompelend liep hij met haar mee. Zij wilde haar naam niet zeggen. Toen hij zijn blinddoek had afgedaan was zij verdwenen in het publiek.

Had hij gezegd: Dames en Heren, ik blijf in deze stad tot ik uw taal machtig ben? Dat was erbij ingeschoten. Met de trein naar Turijn, een eenvoudige beweging...

Vaarwel landelijk Neergoed, grijze gepleisterde gevel. Vaarwel uitzicht op de rivier. Vaarwel paardenstal en dependance. Vaarwel houthok en achtertuin, fiere bomen, eendenhok. Vaarwel Anatole, vaarwel Dinette, der König macht sich davon.

Vanuit het open raam keek hij nog een keer naar het verlaten bordes. Zijn vrienden hadden hem een aubade gebracht, iedereen was vertrokken, het buitenlicht brandde niet meer.

Neergoed de rug toe keren in de veronderstelling dat hij een wandeling ging maken, ...onderweg niet omkeren.

Naar bed gaan was het enige dat hem nog te doen stond. Hij kleedde zich uit, reinigde zijn handen met water en zeep en poetste zijn tanden. Emilia keerde terug in zijn gedachten, bij een nachtelijke controle langs de rijksweg bleek zij in het bezit te zijn van een waardevol schilderij. Twee politieagenten deden zich tegoed aan haar parfum. Kunt u zich ook legitimeren mevrouw?

Emilia ter Slieven, geboren te Zeist, 1955, waar heb ik die naam eerder gehoord...

13

Een alkoof in de bomen

Graafmachines en mannen in overall, een man sleepte aan een lang touw een grommende hond achter zich aan. Het gegrom veranderde in brommen van een stofzuiger. Hij bleef roerloos liggen, dromen schoven weg uit zijn bewustzijn. Stofzuigers waren gevaarlijke monsters die aan overkill deden, de vloer van Neergoed kreeg een schoonmaakbeurt. Hotel Neergoed, al logeerde hij er als enige, toch was het hotel volgeboekt. Complet. De smalle streep zonlicht op de muur naast het raam deed hem pijn aan de ogen, de zon was al naar het zuiden, het moest bijna middag zijn. Hij trok het kussen over zijn gezicht, tevreden het bed voor zich alleen te hebben. Emilia, zij maakte rare sprongen! Hij had er beter aan gedaan haar onmiddellijk apart te nemen om haar zijn diepgaande genegenheid te betuigen en haar vervolgens te verzoeken onverwijld het terrein te verlaten. Niet zonder uitnodiging vandaag te komen lunchen.

Wat een belachelijke scène had zich afgespeeld hier in zijn slaapvertrek. Een zwijggeld. De icoon hing er niet meer, maar hij had iets op de muur geschreven. Wat? Hij ging rechtop in bed zitten.

Al bij aankomst had zij zich aangesteld. Toch was de beslissing: binnenlaten, afhouden , afwachten, hem niet moeilijk gevallen. Maar zijn voordracht, zij had zijn voordracht bemoeilijkt, door haar aanwezigheid was zijn gehoor veranderd in een mijnenveld. Waren dat vrienden? Als goede-siermakers hadden zij om beurten het woord tot haar gericht, Albert Igenhof als eerste.

Het cabaret onder zijn raam: hij was zo welwillend geweest naar buiten te leunen. Waar had zij dat aan verdiend, de vrijpostige hofdame, ooit aan hem voorgesteld als dramaturge, dochter van de consul in Denemarken, een goedaardige man die hij vooral van foto's kende. De consul, bij ontstentenis van zijn vrouw vergezeld van zijn dochter, al bij de eerste kennismaking had hij haar uitgenodigd ten paleize. Hoe lang geleden? Zeven jaar? Haar tenger clownesk gezicht, het gerilde haar dat afhing op de schouders, stevige dunne vingers, haar klassieke opleiding waren hem welgevallig geweest. Het gesprek ging over het schaakspel; zij ging er niet van uit dat de figuren op het schaakbord zich aan de spelregels zouden houden als zij tot leven kwamen. Misschien zouden ze vrede sluiten en niet langer uit zijn op de mat-zet, vol bewondering voor elkaars vaardigheden. Zij zouden het geduld niet kunnen opbrengen om op hun plaats te blijven en wegkruipen of het bord verlaten. Ontkomen aan de Hand zouden zij eropuit trekken om de inwoners hun geheimen in te fluisteren.

Zijn voeten belandden tegelijk op de vloer. Hij schoof het zwarte gordijn open en nam welwillend de tuin in ontvangst. De rode en witte stokrozen en de koningskaars reikten hoog. Boven het gebladerte van de vruchtbomen en de acacia's dreven witte wolken in de hoge blauwe lucht, een zomerdag.

Treuzelend voor de openstaande kast koos hij zijn kleren uit, zwart ondergoed, een strandkleurige linnen broek, zijn okergele hemd uit Italië, het zachtglanzend zwart katoenen colbert, fijnmazige sienna sokken. Zijn zwarte zomerschoenen stonden op het schoenenrek in de badkamerkast. Staande in het bad sproeide hij zich af met de handdouche en liet het water naar hartelust over zijn rug stromen. Het badkamerraam stond wagenwijd open.

Langzaam kleedde hij zich aan, nieuwsgierig naar de bezigheden die de dag met zich mee zou brengen nu zijn voorkeur uitging naar verfijnde kleren. Op reis moest hij over een warme borstrok kunnen beschikken, over extra schoenen en een overjas, maar in een tas kleren met zich meedragen kwam hem hoogst onaantrekkelijk voor. Beter was het nog onderweg aan te schaffen wat hij nodig had, paraplu en tandenborstel als enige extra's.

Het leek hem het beste zijn tandenborstel maar meteen bij zich te steken ten teken dat zijn reis al begonnen was.

Op de lei in de hal trof hij een boodschap aan in het schoolse handschrift van Dinette: mevrouw Ter Slieven heeft opgebeld. Zij komt om drie uur naar Neergoed. En u krijgt de groeten van Ondine.

Het bericht sloeg een bruggenhoofd in de dag, nog maar een paar uur waarin hij voor niemand beschikbaar hoefde te zijn bleven hem over. Ondine, de code voor het telefoonnummer van Deniak. Madame wordt geruggensteund, wederom waagt zij zich op mijn terrein. Het ware beter dat zij geen andere voornemens had dan de madame uit te hangen en een paar dagen met hem het pand op stelten te zetten..., of haar mee op reis nemen, hoe dan ook. Terwijl het idee in zijn verbeelding postvatte onderging zijn reis een ontoelaatbare metamorfose.

De tafel waaraan zijn ambtenaren hadden plaatsgenomen stond nog in de serre, er lag een schoon wit tafelkleed overheen. Agnese tilde het laag afhangende kleed op om in de ruimte onder het tafelblad te kijken naar het verborgen licht. Een tafelkleed, twee schragen en een plankier was alles wat je nodig had voor een lege ruimte. De lege ruimte onder het plankier. Brutaal van Wolfgang om daar gebruik van te maken. In ieder geval vrijpostig. En bekwaam.

In de keuken stond op een blad het ontbijt voor hem klaar. Hij zette thee en ging ontbijten aan het witte tafelkleed, brood, kaas, sjalot en pruimencompôte. Etend kwam hij tot de bevinding dat hij zijn vrienden op afstand had gehouden. Het verlangen om hen die hem na aan het hart liggen zijn diepste overtuiging aan te bieden had hem parten gespeeld. Zij waren zich ongemakkelijk gaan voelen. Het was beter geweest de voordracht aan te kondigen als een cabaret; dan zou hij bijval krijgen,al liet hij de dood buiksprekend aan het woord. Stemmen van tafelkleden en kersenhouten dressoirs..., de stem van zijn moeder zoals zij hem afbekte. Wat moet je met die meid jongen, wil je je houding wel eens bepalen, dat afwachten bevalt me niet, jandorie. Zie je niet dat zij zich interessant maakt. Dat doet ze voor jou, koninkje. Zijn behoefte om haar te laten spotten was bevredigd, hij streek haar over de bol. Goed gesproken moedertje, en laat me nu met rust, ik zal je niet meer lastigvallen. De tedere onverschilligheid van de wereld, zoals jij dat noemde, zij je deel. Als altijd waren haar afscheidswoorden: pas maar op want daar gaat weer een satelliet de lucht in. Agnese riep haar na: je had erover gelezen bij Camus: de tedere onverschilligheid van de wereld, ik herinner me dat wel, in mijn hoofd heb je niks te klagen.

Onkundig van hun plannen had hij zich opgehouden op de strozolder boven de paardenstal, een korte retraite, een oefening in afzondering en willekeur. Niemand was naar hem toegekomen om te zeggen dat Emilia ter Slieven in aantocht was. Dat zij besteld was, daaraan viel niet meer te twijfelen. Hij stak zo ver mogelijk zijn tong uit om opwellende verachting een uitweg te bieden en stond op om in de keuken een citroen te halen. Onderweg maakte hij dribbelpassen. De woorden: Hoera voor de gek zei de nar, kwamen in hem op, onmiddellijk gevolgd door de zinsnede: hou je bek, zei de vrek, trek je eigen kar.

Versjes. Liet hij zich overhalen door rijmwoorden of boden rijmwoorden hem ongehoorde gedachtesprongen aan? Zodra hij een rijmwoord beproefde kwamen er werkwoorden op af om het te fixeren. De vrek verwees de nar terug naar zichzelf. In ieder geval had hij drie personen opgevoerd en twee karren. En van de vrek mocht de nar de gek niet toejuichen; dat hoerageroep is volgens hem een roekeloze emissie. In zijn verbolgenheid weet hij de nar met een kar op te schepen.

Hij schonk zichzelf opnieuw thee in en keek vol bewondering naar de verkleuring die door de druppels citroensap werd veroorzaakt. Verworvenheden die de beloning zijn voor een onderdanig en medeplichtig leven waren door hem in discrediet gebracht, de stoel voorop. Vriend stoel, stoffelijk overschot, steunpunt van de verbeelding, daar had niemand oren naar. Inwoners opgelet, de kamer is de baas in huis. Kijk om je heen naar al die huldeblijken aan handel en industrie. Denk maar niet dat je op die manier nog een stapje verder komt. Dikke neus. De verloedering buiten is de tegenhanger van het interieur. O nee? Op welke school hebben jullie gezeten? Wat ik zeg viel zeker buiten de leerstof.

Nog maar pas geleden was hij er niet in geslaagd zich de naam van Albert Igenhof te herinneren, plotseling was de naam onvindbaar en het had hem niet eens verbaasd, wantrouwen stond er borg voor. Stond hij niet aan het hoofd van een bende die het op zijn kroon gemunt had? Het liefst zou I. in Neergoed een eigen hofhouding voeren; hij was er al mee begonnen. Kon de man nog voor een huisvriend doorgaan?

Om Igenhof in zijn waarde te laten moest Agnese zichzelf geweld aandoen. De lijfelijke aanwezigheid van Albert kon hem de keel uithangen terwijl de ergernis die hij in zichzelf gewaarwerd een aansporing inhield hem niet uit het oog te verliezen. Om te slagen in haar opzet zou de indringster Emilia maar al te graag bij Igenhof te rade gaan. Hij zou haar uithoren, hij zou misbruik maken van haar openhartigheid.

Agnese overwoog de mogelijkheid de rollen om te draaien. Kon hij een getuige van haar maken, iemand die hem overdag op de vingers keek en 's avonds verslag uitbracht in de kliniek? Zij zou proberen de psychiater los te weken uit zijn oude opvattingen en een propagandist van hem maken; hij zou zich ontdoen van zijn huisraad in het besef dat de inrichting van het land in het geding was. Agnese zuchtte, zijn gedachten tolden in het rond, het lukte hem niet zich te concentreren op de vragen waar hij nog over na wilde denken voor zij kwam opdagen. Zij zou weer over haar kind beginnen. Waar bleven jullie, Deniak en Igenhof? Ieder woord in deze is jullie teveel. Mijmerend stelde hij vast dat hij nooit zou vergeten hoe zij zich gisteren had aangediend. Zij had haar komst goed voorbereid. De gele jas, het opgestoken haar, de zonnebril, het zelfbeklag, en Deniak als getuige! Het had hem geen moeite gekost haar toe te laten.

Hij stond op, bracht de ontbijtspullen naar de keuken en liep de achterdeur uit. De beslotenheid van de achtertuin bood hem een betere omgeving dan de voortuin nu hij zijn gedachten nog eens de vrije loop wilde laten voor hij in beslag genomen werd door wat hij tot zijn eigen verrassing plotseling zijn kamenierster noemde. Hij snoof de geuren van de herfst op, keek met welgevallen naar de oude beuken, hij zag een koninkrijk dat zichzelf voortbracht zonder dat er woorden aan te pas kwamen. Bomen waren geen vreemden; hij wist maar al te goed wat hen bezighield.

Het raam van de logeerkamer, in hardsteen gevat, stond op een kier. Agnese liep naar het houthok, tilde de ladder die aan twee haken onder de overstekende rand van het dak hing van zijn steunpunten, sleepte hem achter zich aan en duwde hem omhoog onder het raam. Bij iedere sport die hij beklom tilde hij zichzelf omhoog uit zijn zwaarwichtigheid. Halverwege gekomen begon hij te lachen: hoeveel stoutmoedigheid kon hij in zichzelf toelaten? De ladder boog door en de leren zolen van zijn schoenen waren glad. Waarheen voerde de tocht? Hij duwde het raam open, klom naar binnen en genoot in de lege kamer van het geheimzinnige door bomen gefilterde licht. Vanaf het bed, de handen samengevouwen onder zijn hoofd, keek hij in het gebladerte. De directe verbinding met de achtertuin bracht hem in vervoering; de kamer werd een alkoof die los stond van Neergoed, een alkoof in de bomen.

Om de witte glazen bol van de lamp cirkelden vliegen.

Zouden zij daar uren en uren mee doorgaan? Het grote bed kon hem niet langer van dienst zijn. Hij zette de kastdeur open, probeerde de kraan, keek naar het water dat gulzig door de afvoer werd weggeslokt, deed de deur naar de gang op slot. Vergenoegd leunde hij uit het raam van zijn paviljoen naar buiten. Het woord "paviljoen" voerde hem mee. Hij zag glazen theehuizen, tenten en troonhemels. Hij zag legertenten, baldakijnen, versierde kajuiten, herstellingsoorden, lusthuizen, buitencafés, strandpaviljoens, het paviljoen van een orgeltrompet en briljanten onder de kroon. Kon hij hier Emilia ontvangen, op zijn nieuwe locatie, dan moest zij langs de ladder naar boven klimmen. Hij zou haar de helpende hand bieden als zij door het raamkozijn stapte. Zijn sympathie voor de ladder kende geen grenzen, al in de vroegste tijden maakten ladders deel uit van de outillage van huis en hof. Inbrekerstuig was het, zelfs als het erom ging de appels uit de bomen te plukken.

Weer op de begane grond voelde hij zich sterk. Hij liet de ladder onder het raam staan, ging langs de achterdeur naar binnen om in de kelder twee flessen witte wijn op te halen en schudde zijn hoofd, pratend in zichzelf: bied haar geen hartelijk onthaal en overlaad haar niet met complimenten, zie haar als een sollicitante.

Zijn dorst bracht hem ertoe een nieuwe pot thee te zetten. Twee keer liep hij van de keuken naar de serre om de benodigdheden aan te dragen, de glazen theepot, de suikerpot, twee theeglazen, lepeltjes en een zilveren lepel die op de keukentafel voor het grijpen lag en die hij al eerder had opgepakt in afwachting van het water dat ging koken. Met een dienblad lopen om alle attributen in een keer te dragen stond hem tegen, liever liep hij twee of drie keer op en neer, bezwaren tegen op en neer lopen had hij niet.

De thee smaakte hem mild en in afwachting van Emilia zette hij de voorwerpen die voor hem op tafel stonden op een rij. Hij schiep genoegen in het halen van nog een paar attributen in de keuken terwille van zijn uitstalling op het witte kleed. Met het glas thee in zijn hand liep hij de kamer uit toen hem te binnen schoot dat hij het woord "alkoof" nog had willen opzoeken in het woordenboek. Op weg naar de bibliotheek ontviel hem de lust het woordenboek ter hand te nemen.

Hij keek uit het raam aan het einde van de gang, hij kon zijn ogen niet geloven: Deniak en Emilia hand in hand! Zijn hart sprong op in zijn keel, hij deed een stap terug. Emilia in een Grieks gewaad, Deniak in een grijsgroen zomerkostuum. Zij waren elkaar toegenegen. Wat moest hij, helaas zat de deur naar de alkoof op slot, zo ontviel hem de mogelijkheid om met veel opzien langs de ladder naar beneden te klimmen. Neergoed hield hem in de greep. Naar haar toe hollen, een arm om haar heen slaan, zeggen: Wat doe je nou, met Deniak flirten? Weet je niet dat je bij mij hoort? Kom mee naar boven, daar, die ladder op, was hem onmogelijk.

Wilde Deniak haar voor zichzelf hebben of maakte hij enkel goede sier met Emilia om hem de ogen uit te steken? Deniak was degene die zich tegen zijn blinddoek gekeerd had, een eigenzinnige man, wat stond hem te wachten? Hij ging hen tegemoet.

'Wat een verrassing jullie beiden in de tuin aan te treffen.'

'We zijn wat vroeger gekomen en zonder al teveel moeite over het hek geklommen, zo heb ik weer eens vastgesteld hoe gemakkelijk het is om hier binnen te dringen,' zei Deniak laconiek. 'Dag majesteit,'liet Emilia erop volgen, 'bent u enigszins bekomen van de drukke avond?'

Voor Agnese kon antwoorden gaf Deniak te verstaan dat hij in moeilijkheden was geraakt door de gastvrijheid die hij Emilia had aangeboden. Hedda werd er nerveus van en stond erop dat Emilia een ander onderkomen zou vinden, en zich tot Emilia richtend, 'Als je hier wilt logeren moet je dat zelf vragen, ik ga je niet wegjagen, het is Hedda die dat wil.'

Agnese had Hedda in lange niet gezien en kon zich moeilijk voorstellen dat zij: Zeg maar tegen Zijne Majesteit dat hij Emilia ter Slieven onderdak verleent, dat gastenverblijf van hem staat toch altijd leeg had geroepen. 'Kunnen we het onderwerp even laten rusten!'

'We zijn met opzet wat vroeger gekomen om een onderdak voor haar te regelen voor de anderen komen.'

'De anderen?' Het klonk hard.

Verontschuldigend zei Deniak, 'We wilden elkaar vandaag terugzien en we dachten dat je het op prijs zou stellen als we onze opwachting kwamen maken. Ik heb Helevis en Albert aan de telefoon gehad.'

'En mij erbuiten gelaten. Het driemanschap!'

'Zeg dat niet majesteit, wij vervoegen ons ten uwent.'

Agnese moest lachen, Deniak had de uitdrukking al vaker gebruikt en er een eigen betekenis aan gegeven.

'Mij leek het voorbarig,' zei Emilia, 'om halsoverkop een hotel te bespreken en niet eerst te informeren of ik hier terecht zou kunnen, of eigenlijk was het Hedda die dat ongepast vond; ik wilde u toch een bezoek brengen.'

Agnese onderbrak haar, 'Dat U klinkt nogal afstandelijk, mag ik aannemen dat je daar je redenen voor hebt?'

'Majesteit, ik heb u gisteren beledigd. Ik heb u voor ambtenaar uitgemaakt, en al was het humoristisch bedoeld, ik had toch de stille hoop dat u mij terug zou roepen. Ik heb mij schandelijk gedragen. Maar misschien neem ik het te zwaar. Al met al kan ik niet uit de voeten met de dag van gisteren.'

'Stil nou maar, vanmorgen hebben we al genoeg trammelant gemaakt,' suste Deniak.

'En sherry gedronken op het terras.'

'En besloten dat jij zelf aan Agnese zou vragen of je hier kunt logeren, niet ik.'

'Majesteit, kunt u mij vannacht onderdak verlenen?'

'Laten we naar binnen gaan, we zien wel hoe het loopt Emilia, het is nog geen avond. Ik ben niet in de stemming om wie dan ook onderdak te verlenen.'

Hij voelde er wel voor Emilia in de alkoof te huisvesten

als zij er niet tegenop zag het raam als voordeur te gebruiken maar hij zag geen kans daar een aantrekkelijk voorstel van te maken. Moest hij haar vertellen dat hij deze morgen in een lucide bui de ladder tegen de achtermuur had gezet en door het raam van de logeerkamer naar binnen was geklommen, dat hij de deur tussen de logeerkamer en de rest van Neergoed had afgesloten en zodoende van die kamer een verblijfplaats had gemaakt waar je alleen met de ladder in kon klimmen, dat die vrijplaats een rijkdom betekende, dat hij die rijkdom had ontdekt toen hij vanaf het bed in de kruinen van de bomen lag te kijken. Twee argumenten hielden hem tegen om met zijn gevoelens voor de dag te komen; hij zou moeten bekennen dat zij voortdurend in zijn gedachten opdook, zoniet dan werd het verhaal onbegrijpelijk en zou de ladder een bedreiging vormen. Emilia liep naast hem, was zij gisteren te voet naar Hedda gegaan? Hedda, Emilia, Rita, Eleonora, Bela, wat had dat te betekenen, al die a's die aanhaakten bij zijn naam, kon dat toeval zijn? Om zich los te maken van de vrouw aan zijn zijde keek hij in de kruinen van de bomen, zuchtte en liet zich alsof er nog niets was gezegd ontvallen, 'Een goed plan, zo'n middagbezoek, al was ik in de veronderstelling dat je alleen zou komen. Heb je gehoord dat je vrienden je vannacht nog een aubade hebben gebracht hier op het terras? Een verlaat welkom, je was al vertrokken. Het begon met een schot uit een alarmpistool, zo'n zelfde als jij had. Wel aardig om zo'n ding bij je te hebben, een leuke variant op een poederdoos.

14

Hoog spel

De salon leek wel een demonstratielokaal, de lege ruimte in het midden, de meubels langs de muren, het kon Deniaks goedkeuring wegdragen. 'Dat geeft tenminste openheid, zoals de zaken er nu bijstaan.' Met ruime passen liep hij door het vertrek. Agnese haalde drie hooggesteelde glazen uit de glazenkast, Deniak ontkurkte de fles. Hij bleef aan het woord. De laatste tijd hield Hedda ervan om hem uit te dagen. Zij had erop aangedrongen dat Emilia naar Neergoed zou komen eenvoudig omdat ze erbij hoorde; er braken nieuwe tijden aan en je kon niet alsmaar oude vetes instandhouden. Bovendien vond zij het verblijf van Emilia in Griekenland verloren tijd. 'Ik denk erover na,' zei Deniak, 'misschien is het waar wat zij zegt.'

'Emilia, kom, kom eens bij de tafel staan. Kijk, hier staat een zoutvat, hier een theepot, een suikerpot, daar een waterketel, een soepbord en een lepel. Dat alles staat hier uitgestald ter ere van jou. Laten we aannemen dat het een rebus is, kijk er eens goed naar.'

Zij keek naar elk ding afzonderlijk en fluisterde in zichzelf: zoutvat, hier een theepot en een suikerpot... daar een waterketel en een soepbord.

'De rebus quae geruntur,' vulde Agnese aan. 'Wat betekent dat?'

'Van de dingen die gebeuren,' vertaalde Emilia gewillig.

Deniak hielp mee. 'Het begint met een zoutvat, van zout krijg je dorst.'

Emilia nam over, 'dan dient de theepot om die dorst te lessen, samen met de glazen.'

'In dit geval twee glazen,' zei Deniak scherp.

'De suikerpot is een zoethouder, dat ben ik niet vergeten.' Emilia keek Agnese hoopvol aan.

'Al bij al zijn de waterketel en de lepel nog het meestbelovend.' Deniak pakte de waterketel en tikte met de lepel op de ijzeren bodem. Een dikke laag kalksteen dempte het geluid.

Agneses 'Terugzetten' liet geen twijfel, 'ik vraag het aan Emilia.' Staande voor de tafel ging haar hoofd van links naar rechts en van rechts naar links. 'Zout strooien,' begon ze, 'zoete thee schenken, lepelen.'

'En ketelmuziek,' vulde Deniak aan.

De deur ging open, Dinette liet Helevis binnen, Agnese had hem al zien aankomen. Hij hield een oude in leer gebonden uitgave van Les Caractères onder de arm en verheugde zich op de middagthee. Alles bij elkaar had hij het gisteren een indrukwekkende bijeenkomst gevonden ook al was er van de generale welsprekendheid niet veel terechtgekomen. 'Behalve de gastheer is niemand zich aan het woord te buiten gegaan, de schamperheden van onze R.P.I.man daargelaten,' merkte hij droog op, 'maar met die blinddoek heb je het ons niet gemakkelijk gemaakt.' Pas achteraf had hij begrepen dat het Agnese om concentratie te doen was maar gisteren leek het of de blinddoek bescherming moest bieden tegen kwaadwilligheid, 'alsof je bevreesd was dat ons misnoegen je het spreken zou belemmeren, maar het was juist die blinddoek die het misnoegen opwekte. We zijn een tragisch gezelschap.'

'Ik zal je wat laten zien.' Agnese troonde Helevis mee naar de serre. 'Toen je binnenkwam spraken we over voorwerpen die ik vanmorgen heb klaargezet om Emilia te ontvangen,' en zich tot Emilia richtend, 'wat sta je er triomfantelijk bij.'

Helevis keek naar de dingen op het tafelkleed, schonk

zichzelf een glas lauwe thee in en praatte over La Bruyère, de auteur van het boek, een Franse advocaat uit de zeventiende eeuw die het gedoe van zijn tijdgenoten onder de loep nam, al leek hij soms een toverlantaarn te hanteren. In die tijd geloofde men dat de eigenaardigheden van mensen uit hun karakter voortkwamen en terug te voeren waren op erfelijkheid.

Een zorgelijk type vond altijd wel iets om zich zorgen over te maken.

Albert Igenhof hield binnenkomend een doos voor zijn buik, een geschenk voor Agnese. Op het etiket was een afbeelding van een valhelm te zien. En er zat een valhelm in, een monsterlijk geval met kinbescherming. De helm moest een aansporing zijn om tochtjes te maken op de bromfiets ter kennismaking met het leven langs de weg, gaf hij als toelichting. Onopvallend lunchen in een restaurant waar vertegenwoordigers elkaar treffen, kijken hoe ze hun spullen aan de man brengen. Albert hield niet op zijn geschenk aan te prijzen. Hij klopte erop, hield de helm ter hoogte van zijn borst, hield hem boven zijn hoofd als een glimmende zwarte tiara. De helm zou Agnese anoniem maken, wat brillantine in zijn haar, een zware bril en hij was al gauw onherkenbaar.

Agnese liet hem uitpraten, liep om de tafel heen naar het raam en zei stroef 'Wilde Eleonora niet meekomen? In ieder geval zie ik dat je aan me gedacht hebt en ik hoor dat je een uitgesproken bedoeling hebt met je geschenk. Ik vind er wel iemand voor.'

Emilia volgde het gebeuren. 'Jammer dat Eleonora niet mee is gekomen.'

'Eleonora kan niet weg vanmiddag, en bovendien kwam ik liever alleen. Men moet niet steeds als echtpaar te voorschijn komen.'

'Waar drinken we op?' Deniak drukte Albert een glas witte wijn in de hand. Agnese kwam tussenbeide.

'Op niets en niemand. Ik krijg niet de indruk dat we aan een gezamenlijke dronk toe zijn. Er valt nog wel het een en ander op te helderen.'

'Ik wil drinken op de voordracht die je gisterenavond hebt gehouden. Ik betreur het dat ik me zo onachtzaam heb gedragen. De voordracht had het hoogtepunt van de reünie moeten zijn. Ook al hebben andere bedoelingen die opzet doorkruist, toch heb je onberispelijk het woord gevoerd.' Helevis zweeg.

Agnese kreeg het gevoel dat er een grote kamerplant achter zijn rug werd binnengedragen.

'Praat verder, waarom ben je enthousiast? Laat horen,' drong Deniak aan. 'Met die blinddoek ben je ons te slim af geweest. Je was, nee niet te slim, te onberispelijk. We mogen je dankbaar zijn dat je niet met een stok op je gehoor hebt ingeslagen.'

'Als ik ook wat mag zeggen,' viel Emilia bij, 'ik zal deze voordracht nooit vergeten. Het verhaal over die kanunnik kende ik al en toch zou ik het niet gemist willen hebben. En die oefening in tegenzin spreekt me ook aan. Stel je voor, twee personen die elkaar ombeurten bejegenen met uitspraken over zin en tegenzin!'

'Emilia val me niet in de reden, ik ben nog niet klaar. Ik wil vaststellen dat wij niet aan de blinddoek tegemoet zijn gekomen. Wij deden alsof die blinddoek er niet was, of Agnese zelf maar moest weten of hij al dan niet een blinddoek omhield; wij hadden er geen boodschap aan. Het was zijn avontuur, zijn truc, zijn flauwiteit mijn part. Wij hebben ons afzijdig gehouden. Een blinde man zou je behulpzaam zijn en om een geblinddoekt kind zou je lachen, je zou het verrassen door het aan te raken of door zelf van plaats te veranderen en geluiden te maken. Maar wat hebben wij gedaan? Wij hebben de blinddoek afgestraft.'

'Ik geloof dat je het te zwaar opneemt.'

'Wie zegt dat?'

'Ik, Albert.'

'Je stem klinkt anders dan gewoonlijk.'

'Dank je. Het wordt ook tijd dat ik gebruikmaak van het arsenaal van stemmen waarover ik blijk te beschikken als ik de poppen van de poppenkast tot leven breng.'

Agnese bleef door het grote raam naar buiten kijken. Het was duidelijk dat Albert zich schrap zette nu Helevis met zijn bekentenissen het gesprek op scherp had gesteld. Hij wachtte af.

'Albert, zeg iets over de voordracht van Agnese,' smeekte Helevis, 'heb ik gelijk?'

'Ik voel met niet geroepen tot het geven van commentaar als een eenvoudig en welgemeend geschenk als deze motorhelm al niet in goede aarde valt.'

Agnese hoorde hem stommelen. Omkijkend zag hij Albert de helm terug in de doos stoppen en het geschenk achter het overhangende tafelkleed schuiven. Links achter hem was Emilia op zijn ontbijtstoel gaan zitten, Helevis leunde met een voet op de stoel naast de schoorsteen. Albert liet zich neer in een van de clubs die hij op de plaats waar eerst de serveertafel stond tegen de muur had geschoven. Vanaf zijn plaats voor het raam in de serre kon hij Deniak niet zien.

'De motorhelm is mijn commentaar, dat lijkt me voldoende. En wat ik ermee zeggen wil is duidelijk: trek erop uit, ga rond in dit gebied, als een vertegenwoordiger die een product aan de man brengt.'

'Een anti-vertegenwoordiger,' schamperde Agnese, 'iemand die er zich niet toe leent de gangbare zaken te vertegenwoordigen.'

'Mij gaat het er alleen maar om dat je de deur uitkomt. En als ik Helevis dan toch een antwoord moet geven, denk maar niet dat ik die voordracht afkeur. Ik bewonder de eigenzinnigheid, en de moed, en de originele aanpak, en ook de thema's zijn van belang. Over de tegenzin wordt weinig nagedacht, de mensen hebben geleerd hun tegenzin te veronachtzamen; vooruitzichten, beloftes en beloningen stellen hen in staat met tegenzin aan de slag te gaan terwijl tegenzin ook als een heel persoonlijke weerstand kan worden opgevat, een roep om hulp van de eigenheid die in het nauw gedreven wordt door programma's en maatschappelijk geweld. En mijn part door stoelen en kasten. Ik begrijp heel goed wat Agnese wil zeggen.'

'Ga door, wat wil hij zeggen,' een bevel van Deniak.

'Ik doe mijn best.' Hij wachtte, vervolgde, 'het donker laat een mens, of nee, in het donker komt een mens er eerder toe zijn eigen bezigheden nog eens de revue te laten passeren en zin en tegenzin tegen elkaar af te wegen.'

'Stop. Heb ik dat gezegd?'

'Majesteit, ik begrijp uw woorden op mijn manier. Ik vertel op verzoek van Helevis hoe ik uw toespraak heb gevonden. Dat doe ik in mijn eigen woorden.' Het klonk ferm.

'Zoals ik hier gisteren in mijn voordracht jou en de anderen heb beziggehouden, kun je daarmee instemmen? Ben je erover te spreken, ben je er enthousiast over, heb je je schoonzuster al het een en ander verteld? En over de afzondering die ik in mezelf moet scheppen om de woorden die ik zeg op het spoor te komen, heb je het daarover gehad?

En vergis je niet, ik vat tegenzin niet op als een roep om hulp van de eigenheid, eerder als haar lokroep, maar ook tegen het woord eigenheid heb ik bezwaar.'

Deniak kwam naar de serre. Hij schoof een rechte stoel aan en ging bij Emilia aan de tafel zitten, zijn rug naar Albert gekeerd.

'Laten we bij het begin beginnen Emilia,' zei hij zakelijk, 'vertel jij in ons bijzijn aan Agnese hoe je ertoe gekomen bent jezelf op te werpen in de boulevardpers, en nog wel met een verklaring over het vaderschap van je zoon.'

Weer keek Agnese even om. Emilia's ellebogen leunden op het tafelblad, zij tuurde naar haar handen.

'Griekenland,' begon ze, 'hitte, stof, uitlaatgassen, een eenzaam bestaan, de zorg voor een kind, een studie die niet wilde vlotten, heimwee en veel herinneringen. Ik kreeg zin om me op te werpen als degene die ik was, de vernederde, degene die het veld had moeten ruimen. Ik wilde de aandacht vestigen op mezelf. Voor het aanschijn van de wereld wilde ik Zijne Majesteit laten weten dat ik mij een verschoppeling voelde. Ik verlangde terug naar de dagen in het verwilderde paleis. Door het kind naar voren te schuiven kon ik in het nieuws komen. Waarom zou het geen koningskind zijn dacht ik.

Ik leerde een verslaggever van El Hombre kennen. Het besef dat ik in staat was onrust te wekken in het gemoed van Zijne Majesteit hield mij bezig. Ik wilde dat hij aan mij zou denken en verhief mijn stem als een uiting van verdriet.'

'Genoeg,' riep Agnese.

'Ik zeg erbij dat El Hombre er een eigen draai aan gegeven heeft.'

'Wat had je dan verwacht jongedame, gezien je ervaringen had je beter kunnen weten, maar ik heb me getroost met de gedachte dat iemand die mij van nabij had meegemaakt op eigen gezag mijn onderzoekingen ter sprake bracht. Ik voelde me enigszins gevleid door een potsierlijke verklaring van een hofdame die het zwijgen verbrak, een melodrama dat zijn weerklank vond in dag- en weekbladen. Mijn commentaar bestond uit zes woorden: Dat zou ze wel willen ja.'

'Ik schrok toen ik de reportage zag. Ik was bang dat je lastiggevallen zou worden door journalisten en persmuskieten maar tegelijkertijd wenste ik het vurig.'

'En wat gebeurt er met de foto's die Leon gisteren heeft gemaakt,' smaalde Agnese.

'Zijn er foto's gemaakt?' wilde Igenhof weten.

'Victor en Elsa in het nachtelijk park, Agnese in de tuin achter Neergoed in gezelschap van Elsa en Leon. En ook in de dependance was Leon met zijn camera in de weer. 'Deniak wist er alles van.

'Zo is het, hij heeft foto's gemaakt,' beaamde Helevis.

'Leon en Elsa hadden hier moeten zijn. Ik zou hen graag dichter bij Neergoed betrekken, temeer daar jouw rol zo langzamerhand uitgespeeld is Albert.' Deniak keerde zich naar Albert Igenhof in zijn clubfauteuil. 'Het wordt tijd dat de geneesheer zich terugtrekt. Na de apotheose van gisteren heeft hij zijn cliënt genezen verklaard en verspeeld.'

Agnese zuchtte diep, hij vermaakte zich, meesterlijk zoals zijn vermeende secretaris dokter Igenhof aan de kant schoof. Hij keek naar de stokrozen. Albert moest dit voor zichzelf uitvechten.

'Je moet antwoord geven Albert,' drong Helevis aan.

'Ik kan daar nu niet over nadenken, ik hoor wat Deniak zegt, dat is alles. Het klinkt niet vriendelijk. En waarom spreek je van een apotheose?' Bij die woorden keek hij Deniak aan.

'Ja, hoog spel Igenhof, mijn gelukwensen.'

15

Een ondermaatse belangstelling?

De stokrozen tilden hun dieprode bloemen tot op ooghoogte. Wat hadden die gelukwensen te betekenen? Feliciteerde hij Igenhof met het herstel van zijn patiënt? Hoezo? Had Igenhof hoog spel gespeeld? Door woorden te gebruiken als "cliënt" en "genezen verklaard" liet Deniak hem in de kou staan. Was dat nodig om Igenhof zijn plaats te wijzen of kwam het omdat hij met zijn rug naar hen toe stond? Hij boog naar voren tot zijn neus het raam raakte, het glas voelde kouder aan dan de stenen vensterbank onder zijn vingertoppen. Toen hij Deniak hoorde zeggen, 'We gaan verder Emilia, vertel Agnese hoe het komt dat je hier bent, hoe je wist dat er een reünie op til was,' ging hij recht staan.

'Ruim twee weken geleden kreeg ik een brief van Deniak. Beste Emilia, stond erboven. Een op handen zijnde reünie van de voormalige hofhouding van Agnese de Iste noopt me je te schrijven. Ik houd deze brief zakelijk. Het ligt in de bedoeling dat er dichters, muzikanten en toneelspelers worden genodigd om de bijeenkomst luister bij te zetten, Ik las dat het feestcomité het plan had opgevat het leven van Zijne Majesteit in scène te zetten, een plan dat alleen doorgang kon vinden als ik mijn medewerking wilde verlenen.'

'Zo heb ik het niet geschreven,' onderbrak Deniak.

'Maar daar kwam het wel op neer. Ik kreeg de rol van hofdame en mocht er met niemand over praten.

Twee weken geleden kreeg ik de tekst toegestuurd. In een

dramatische opkomst aan het einde van de middag moest ik mij beklagen over mijn omstandigheden. De tweede scène behelsde een zelfrechtvaardiging die uitliep op het aanbieden van een geschenk. Dan kwam er een scène waarin ik Agnese de Iste onder vier ogen om een losgeld moest vragen, een afkoopsom waarmee hij voor zichzelf veilig kon stellen dat ik in de toekomst de zwijgplicht zou handhaven die inherent is aan mijn beroepsgeheim. Ik ken de tekst van buiten, ik heb hem vaak in mezelf opgezegd: de gevangene krijgt leeftocht uit de handen van de cipier die de verlokkingen van de buitenwereld vertegenwoordigt maar de cipier weet niet hoe het gesprek te beginnen. Zij is bang door een verkeerde aanhef de veroordeelde van zich af te stoten terwijl zij hem graag liefderijk zou bejegenen in zijn laatste minuten.'

Agnese verroerde zich niet, beschaamd om de bejegening die hij moest ondergaan, alleen zijn vingertoppen drukten zwaarder op de vensterbank, kwaad op zichzelf omdat hij zijn vermoedens, zijn achterdocht niet voor vol genomen had. Hij wist toch dat zijn gasten iets in hun schild voerden, iets waar hij geen lucht van mocht krijgen. Hij had een samenzweerderssfeer gevoeld die een ondermaatse belangstelling voor zijn exposé met zich meebracht. Afstand houden, zei hij in zichzelf, naar buiten kijken, de stokrozen spreiden hun kleurige baljurkjes uit, laat je niet van de wijs brengen, dit is de aanslag, niet wat er gisteren gebeurd is.

'Er was nog een toelichting bij,' vervolgde Emilia aarzelend, 'daarin stond uitdrukkelijk vermeld dat het ging om een toneelspel waarin Zijne Majesteit de hoofdrol zou spelen zonder dat hij dat zelf mocht weten; de scènes moesten hem voor de voeten geworpen worden als ware beproevingen. Ik mocht er geen bezwaar in zien dat de werkelijkheid omwille van het toneelspel werd gemanipuleerd.

Uit mezelf zou ik nooit zulke scènes op touw zetten, ik ben dan bang dat het verkeerd afloopt, maar nu betrof het een toneelstuk. Toen Zijne Majesteit gisteren na zijn oratio naar boven ging dacht ik dat hij mij de gelegenheid wilde geven hem alleen aan te treffen; het leek wel of hij op de hoogte was.'

Agnese hoorde dat die laatste woorden niet tot hem gericht waren, misschien heeft zij gelijk en wás ik op de hoogte, ik heb mijn vermoedens over de standpunten die werden ingenomen niet uitgediept, hij pakte zijn zakdoek en snoot zijn neus, geen vragen stellen, geen verontwaardiging tonen, niet op de vensterbank leunen, op eigen benen staan, stemmen die in hem opkwamen. Hij hield zijn armen over elkaar tegen zijn borst gedrukt, sloot zijn ogen, maar niet lang want zijn lichaam raakte los van de vloer en ieder houvast ontviel hem. Zijn blik klampte zich vast aan de bomen, aan het gras tussen de tegels van het bordes. Aan de pruimenboom achter in de tuin zag hij rijpe vruchten hangen. Zijn handen belandden weer op de vensterbank.

'Heb jij er nog iets aan toe te voegen Albert?'

'Zeker wel. Onderhavige tekstschrijver was er een voorstander van dat Emilia ter Slieven hier op de reünie zou worden binnengehaald, maar onder een voorwaarde: zij moest een volwaardige rentree kunnen maken. Deniak kan dat bevestigen.'

'Jawel, maar niet alleen een voorstander, Albert was ook de initiator van het plan.'

'Ik geef Hedda gelijk als zij zegt dat een langer verblijf van Emilia in Griekenland verloren tijd is, verloren tijd voor het consortium. En wellicht ook voor Zijne Majesteit, uitgaande van de gedachte dat hij in de drie jaar die verstreken zijn sinds hij het paleis de rug toekeerde zijn afzondering ten volle heeft kunnen beproeven.'

'Niet te plechtig alsjeblieft,' wierp Helevis in het midden.

'Zij is geneigd zich te hullen in een vernederende welwillendheid, zij het niet zonder charme. Het leek me nodig dat zij zich in haar kracht kon tonen; vanuit dat gezichtspunt heb ik een tekst opgesteld. Ik wilde dat Agnese gewaar zou worden dat hij te doen had met een vrouw die hij de toegang tot zijn onderkomen niet mocht ontzeggen. In de tekst heb ik Emilia in de gelegenheid gesteld zelfstandig het podium te beklimmen en vervolgens haar hart te luchten.

Ik schaam me niet om te zeggen dat ik haar als spreekbuis gebruikt heb, daar is het een toneelstuk voor, maar toch heeft zij haar gemoed kunnen luchten, zij heeft voor zichzelf een schadeloosstelling bedongen, zij heeft opnieuw de zwijgplicht op zich genomen, zij kan Zijne Majesteit onvervalst tegemoet treden.'

'Stil nou maar,' zei Emilia beschaamd, 'zo is het wel genoeg.'

Albert ondervroeg haar. 'Waarom heb je voor de rol van verschoppeling gekozen, je had de tekst minder gechargeerd kunnen brengen, een tikje voornamer.'

'Ik voelde mij een verschoppeling, als verschoppeling kon ik mijn gevoelens op de proef stellen, in ieder geval kostte het me geen moeite me een verschoppeling te voelen, het gaf me houvast. Ik kwam mijn plaats opeisen. Door ongegeneerd over mezelf te praten wilde ik laten zien dat ik degene was die hier ontbrak. Zo heb ik mijn rol opgevat.' Helevis vroeg uitleg, hoe had zij haar rol opgevat. Emilia deed haar best. Agnese voelde vertedering voor de opkomende openhartigheid, hij streek met een vinger over zijn lippen en bevochtigde zijn vingertop met het puntje van zijn tong. Het gesprek rolde achter hem door, zijn hofhouding was behoorlijk op dreef, zij hadden de reünie in een uitzonderlijke vorm gegoten en hij had hun beproeving volwaardig doorstaan, maar... hij luisterde weer.

'Ik zie het zo: Zijne Koninklijke Hoogheid weigert om zijn eigen omstandigheden te dramatiseren. Hij beklaagt zich niet bij de bevolking dat hij helemaal alleen achterstallig onderzoek moet doen naar het instrumentarium, 's mensen instrumentarium. In zijn eigen woning.'

Deniak stond op, vulde de glazen bij, trok een nieuwe fles open en zette ook een glas witte wijn bij Agnese op de vensterbank. 'Wijn van de briefschrijver,' zei Agnese schamper, 'ik wist niet dat je voor de geheime dienst werkte.' Hij draaide zich om en liep naar de plaats waar Deniak gezeten had, aan tafel bij Emilia. Hij schoof de stoel wat terug en keek naar haar avontuurlijk gezicht dat iets zocht voor de ogen om te lachen en voor de mond om te praten. Terwijl hij naar haar keek doorzag hij het toneelstuk waarin hij – als enige? – zijn eigen positie had bepaald. Wie waren er op de hoogte van het bestaan van een script geweest? Was Victor ingewijde? En Kumula die hem zo lomp had toegezongen toen hij de trap afkwam. Hij stelde geen vragen, hij keek naar haar, de dubbelspion met het gerilde haar, de slanke stevige vingers, de brede mond, rozerood voor de gelegenheid. Zij keek hem niet aan, zij had het zoutvat gepakt en likte aan een paar korrels die aan haar vingers kleefden. Hij stelde zich voor hoe zij de pen zou hanteren als zij aan haar vertalingen werkte, folders voor toeristen, vanuit het Grieks in de taal der lage landen. Hij hield de voorstelling vast als steun voor de gereserveerde houding die hij vooralsnog innam tegenover list en bedrog waaraan zij haar medewerking had verleend.

'Folders vertalen voor toeristen en intussen heimwee voelen naar je land van herkomst, hoe gaat je dat af,' vroeg hij laconiek.

'Een hard bestaan waar ik een punt achterzet,' antwoordde zij koel. Er trok een glimlach over haar gezicht, de onuitstaanbare glimlach van iemand die hem te slim afgeweest is. 'Waarom zou ik mezelf nog langer kwellen, met heimwee valt niet te spotten. Van kind af aan ben ik erdoor gekweld, al toen ik bij Mr. Stokeley woonde, de Engelse ambassadeur, en ook later nog toen ik studeerde aan de oudste universiteit van het land. Mijn moeder had weinig tijd voor mij, zij wijdde zich aan groter leed dan gevoelens van verlorenheid en heimwee waar haar enig kind mee te kampen had.'

'Aber das Heim existiert nicht mehr,' liet Agnese zich ontvallen. Hij moest haar lange antwoord op zijn vraag onderscheppen, verhalen over moeders en voogden interesseerden hem niet.

'Vielleicht doch,' antwoordde zij snel, 'drie jaar geleden heeft dr. Igenhof mij de toegang tot het paleis ontzegd en nu heeft hij me uitgenodigd mijn rentree te maken. Das Heim existiert.'

'Je bent hier gisteren ingehuurd als toneelspeelster ter opluistering van de reünie en nu vallen plotseling de rol van de toneelspeelster en je eigen leven samen, wie is wie?'

Zij bleef naar haar handen op het witte tafelkleed kijken en spreidde en sloot haar vingers. Een waterhelder bergkristal in zilver gevat lichtte op aan haar pink. Over haar lange stevige nagels lag een lichtgroene glans. Agnese hield van haar handen die aan alles wat zij ondernamen schoonheid verleenden.

'Toen ik mijn tekst vaker overlas begon ik door alles wat ik te zeggen kreeg mijn eigen leven beter te begrijpen. De scènes beantwoordden aan mijn diepste verlangens. Ik ging mijn eigen geldigheid opeisen, ik ging me rechtstreeks richten tot de man die mij op een afstand hield en waarvan ik in het openbaar heb verklaard dat hij de vader van mijn kind is. Ik ging als een wraakgodin ten overstaan van zijn gasten mijn beklag doen. Ik ging hem in het nauw drijven en smartengeld innen. Ik ging zijn ogen openen voor een nieuwe aanpak, voor een verdere uitgroei van de Residentie Neergoed; Dr. Igenhof wees me de weg. Ik moest schoon schip maken en Zijne Majesteit onbeschroomd in de ogen kijken als ware ik zijn jongere zuster.'

'Zijn concubine,' verbeterde Agnese.

Eindelijk sloeg zij haar ogen op, zwartomrande dofglanzende ogen die nog in een niemandsland leken te kijken, haar lippen gingen uiteen. Zich omdraaiend naar Albert Igenhof zei Agnese,

'Ik geloof dat er een toneelschrijver aan je verloren is gegaan en ik bewonder dat je je zo volledig in haar toestand hebt kunnen inleven.'

'Drie scènes,' zei Emilia weer, 'drie scènes om wraak te nemen: het beklag, de zelfrechtvaardiging en de afpersing.

En Zijne Majesteit heeft betaald. Het was Zijne Majesteit een klein vermogen waard dat zijn voormalige hofdame haar zwijgplicht weer op zich zou nemen. De opzet is geslaagd te noemen. Je hebt me niet de deur gewezen. Je vond het doodnormaal dat ik een privé-performance kwam opvoeren en je zag er zelfs kans toe mijn eis om te zetten in een geschenk, een verbazingwekkend geschenk. Je deed afstand van de kluizenaar die met een penseel zijn muur beschildert tot hij vergeet dat het een muur is. Ik mocht mij ontfermen over die waardevolle icoon. Uit dat geschenk heb ik de moed geput om vandaag mijn opwachting te komen maken.'

'Of je nu toneelgespeeld hebt of niet,' hervatte Agnese, 'voor mij verandert er niets, gisteren was echt, vandaag is echt, je hebt een sterke indruk gemaakt, ik moet zeggen dat je verrassend te voorschijn bent gekomen, ik had me niet beter kunnen wensen. Ik zie dat je in al die jaren niet hebt stilgezeten.' Agnese zweeg, door een lachje gaf hij alsnog een humoristische draai aan zijn eigen retoriek. Hij ging staan, liep om zijn stoel heen en zei terwijl hij haar aankeek, 'Emilia, je komt als geroepen, ik moet hoognodig afgelost worden want ik treuzel en begeef me op zijpaden die ik in mijn visioenen hoofdwegen waan.'

'Als ik nu wat mag zeggen,' viel Albert Igenhof in, en ook hij ging staan, 'wij hebben gisteravond open kaart gespeeld. Wij hebben ons voorstel speels aan je voeten gelegd.' Igenhof leek even na te denken. 'Ik stond erop dat die sketch voor we naar huis gingen alsnog op het bordes werd opgevoerd. Je moest te verstaan krijgen dat de komst van Emilia geënsceneerd was. Bij beurtspraak hebben we haar een welkom toegeroepen, is je dat ontgaan? Zij werd je als het ware in de schoot geworpen. Bezwaren en moeilijkheden die haar rentree in de weg konden staan werden ontmanteld.' Weer moest hij nadenken, wreef over zijn voorhoofd en keek op toen Deniak het woord nam.

'Laat mij het zeggen. Het ligt voor de hand dat Emilia ter Slieven haar intrek neemt in Neergoed. Het wordt haar taak ontvangsten in het leven te roepen en te regelen, daartoe gemachtigd bij samenspraak met Albert, Helevis en mijzelf.'

'Aan mij de eer je te vragen deel uit te maken van dit kleine comité,' zei Albert weer, 'wacht wacht, ik ben nog niet uitgesproken. Bij gelegenheid van deze reünie bieden wij je als geschenk onze beslissing aan. Wij geven de ontwikkeling een duwtje. Emilia als dame de reception.'

'Zij krijgt de logeerafdeling tot haar beschikking,' voegde Deniak er nog aan toe.

'Heren, heren, u drijft mij opnieuw in het nauw met dit toneelstuk waarvan alleen ik de plot niet ken. U huisvest een jonge dame in mijn verblijf om leiding te geven aan ontvangsten.'

'Jazeker, zeker,' vervolgde Deniak die ook ging staan, 'wat blijft ons anders over. Wij willen arrangementen, wij willen een centrum van onderzoek naar de lichtvaardige veroordeling van de duisternis. Wij willen een residentie.'

De woorden van Albert en Deniak tuimelden door hem heen. Hij zag zichzelf als de initiator van het besluit dat buiten hem om genomen werd. Hij keek van de een naar de ander zonder dat de zakelijke opstelling van het comité bezweek onder zijn blik. Hij wilde naar de spiegel lopen, maar de spiegel hing er niet meer, die had hij weggeborgen toen hij had ontdekt dat hij zijn gezicht niet wilde zien. Plotseling begreep hij dat het om Emilia ging, dat zij het was aan wie zij hun macht toonden, dat zij haar wilden laten zien dat Agnese een speelbal was in hun handen.

'Emilia, ...hield schroom mij in toom dan zou ik mezelf niet de initiator durven noemen van het besluit dat mij nu ter ore komt. Ik stel er prijs op, Emila, je dat te zeggen in aanwezigheid van mijn vrienden. Ik versta het geschenk als een huldeblijk aan Neergoed. In dit majesteitelijk uur, zo begon ik eertijds ook mijn officiële bekendmakingen, in dit majesteitelijk uur...' hij keek naar Deniak, de gewiekste en naar Helevis die alleen al door zijn aanwezigheid hem de troost der poëzie aanbood, ging twee stappen achteruit en vervolgde op een zelfde hoge toon, 'ziehier Emilia de mannen die jouw komst hebben beraamd. Je verblijf in Neergoed zal een nieuwe impuls geven aan de residentie.'

'Aan de openbaarmaking van het onderzoek,' riep Helevis.

'Het onderzoek naar de lokalisatie van de macht,' ging Agnese verder.

'Jij treedt hier aan als dame de reception. Om gastvrijheid heeft Neergoed nooit bekendgestaan maar dat zal veranderen. Uit verre streken zal men hierheen komen om te horen of het waar is wat ik zeg. Ik ga rondzeggen wat mij overkomen is, op zoek naar wie mij horen wil. Ik stel mij beschikbaar om het woord te voeren op jaarvergaderingen. Ik laat mij nodigen in de woningen om met de inwoners de maaltijd te gebruiken. Ik vertel hen over koning Agnese de Iste uit Akros die vanaf het bordes in zijn tuin uitkijkt op een roofridderburcht. Ik vertel hen dat deze Agnese erin geslaagd is geheime agenten te ontmaskeren die hun intrek hadden genomen in zijn huis. Zij hielden zich onopvallend op in de kamers, zozeer was hij aan hen gewend geraakt. Met vereende krachten waren zij in staat de bewoner van minuut tot minuut te hypnotiseren maar door hen te negeren is het hem gelukt aan hun heerschappij te ontkomen. Toen deze Agnese zich begon te ontdoen van de macht waaraan ook hij als koning onderworpen was werd hij wegens wangedrag in de Rijks Psychiatrische Inrichting opgenomen. De dokter aan wiens zorg hij werd toevertrouwd behandelde hem als een gevangene. Hij kon zijn dode schaduw niet verdragen maar kaarslicht werd hem niet gegund. Sinds drie jaar staat hij weer op eigen benen, hij woont in Akros, in edificium Neergoed. Als hij niet thuis is zult u ontvangen worden door zijn vroegere hofdame die er optreedt als dame de reception. Zelf woont hij in het houthok. Daar beoefent hij het schelden, men kan hem al van verre horen.' Hij keek Albert en Deniak aan, 'jullie moeten naar huis, jullie vrouwen wachten, Eleonora en Hedda.'

Albert ging al weg. Eleonora verwachtte hem aan het diner, haar zuster was op bezoek en hij wilde geen verstek laten gaan. Agnese hield hem nog staande, 'Haast je niet, geef Nora de kans haar hart te luchten bij haar zuster over de geringe aandacht die haar echtgenoot voor haar opbrengt.'

Albert verstrakte. 'Gelukkig maak je van je hart geen moordkuil.'

'Stil maar,' zei Agnese terug, 'het is al goed, je vrouw en je schoonzuster zullen je bewonderende blikken toewerpen als ze te horen krijgen dat je erin geslaagd bent zoveel invloed uit te oefenen op de ontwikkelingen die hier gaande zijn.'

Albert streek door zijn donker golvend haar, pakte naar zijn vlinderdasje en zei, niet zonder ironie, 'Sire, het middelpunt van deze maskerade mag er niet vanuit gaan dat zijn vrienden hem voortdurend in de watten leggen. In dat geval zou hij zijn waakzaamheid verliezen en versuffen in zijn eigen bedenksels. Als niemand hier de moeite neemt Zijne Majesteit op de proef te stellen doe ik het, ik, zijn voormalige geneesheer, zijn heelmeester. Gedreven door genegenheid, ook voor Emilia, onweerstaanbaar aangetrokken door haar vrouwelijk magnetisme. Weerloos spreek ik mijn bewondering uit voor haar oogopslag. Haar prikkelende lach daagt mij uit om humor in het geding te brengen opdat die gelukkig makende lach zich keer op keer mag vertonen.' Hij kuste Emilia ten afscheid, gaf Helevis een hand en bleef in de deuropening wachten op Deniak die aan Emilia vroeg of zij meeging. Maar Emilia wilde niet. 'Blijf nog wat hier,' was haar antwoord.

'Nee, ik ben moe, ik ga naar huis, naar Hedda, ik rijd met Albert mee.' Toen hij zag dat Emilia niet met hem mee zou gaan zei hij, 'Wanneer kom je? Ik wil niet dat Hedda met het kind blijft zitten.'

'Ik bel Hedda op, maar ik moet eerst weten of Agnese mij onderdak wil geven.'

'Die zaak is toch geregeld,' zei Albert ongeduldig. Maar Agnese liet niet over zich heenlopen.

'Nee heren, er is niets geregeld. We zullen zien Emilia of je de proef doorstaat.'

'Welke proef,' wilde zij weten, maar Agnese richtte zich tot Deniak:

'Ga nu. Wacht maar af of Emilia vanavond nog komt opdagen. Het lijkt wel of je Hedda niet meer onder ogen durft komen als je geen antwoord kunt geven op haar vragen.'

Albert deed er nog een schepje bovenop. 'Kom mee Deniak, waar maak je je druk over. Voor mij hoort het kind bij de bagage van Emilia ter Slieven, zij lost het zelf wel op.' Toen er een stilte viel vervolgde hij, 'Vanmiddag hoorde ik uit jouw mond, Emilia, dat Dinette de zorg voor de jongen op zich wil nemen. Heb je dat niet aan Agnese verteld? Hoe kan hij een beslissing nemen als je hem zo in het ongewisse laat?'

'Het spijt me,' zei Deniak, 'ik zal wel zien' en terwijl hij Agnese de hand drukte, 'Het is een mooi kereltje, je zult ervan opkijken.' Agnese liep met hen mee naar buiten en keek de twee mannen na toen zij door de kleine poort het terrein verlieten. Twee makelaars. Het consortium had een uitbreiding ondergaan. De makelaars vertrokken. Helevis en Emilia bleven nog.

16

Het consortium

Een onvermijdelijke verandering, stelde Agnese vast, een dame de reception, ik heb het ernaar gemaakt. Zij hebben plannen. Mijn onderzoek moet in de openbaarheid gebracht worden, zij hebben besloten dat het tijdstip is aangebroken. Er kwam een lach op zijn gezicht, een lach die niemand te zien kreeg; hij trok zijn mondhoeken naar buiten om het genot van de lach tot in het opdikken van zijn wangen te voelen. Zij hebben zich van mijn aanpak bediend, van binnenskamers theater. Dit strekt mij tot eer, er gaat genegenheid schuil in hun toewijding, hij fluisterde de woorden. Zij hadden de verandering goed aangevoeld, maar zou het in hun bedoeling liggen hem vaker op te zoeken dan hadden zij buiten de waard gerekend. Zij konden elkaar treffen in zijn residentie, Emilia zou zijn zaak waarnemen! Hij stak verheugd zijn handen omhoog en liet zijn borstkas opzwellen.

Negotiorum gestor, een zaakwaarnemer. Hij ontdeed zich van zijn zwart jasje, nam het over zijn arm, stopte de tandenborstel die op de grond viel terug en ging de trede af naar het zandpad in de tuin. Ze mochten wel voorzichtig zijn, glycine en monnikskap waren giftig en de zwarte bessen van de belladonna glansden nog. Met de olifantsorengrote viltbladeren van de koningskaars had hij niet veel op. De ruige zelfzuchtigheid waarmee de plant zich opdrong doorbrak de schaal. Hij had de zaden zelf meegebracht uit de botanische tuin, vanuit een voorliefde voor hogere plantensoorten, hun sterke vormen, hun geheimzinnige bloei, hun koloriet. De bloei naderde de toppen van de planten, de papavers tilden hun zaaddozen als tempelhuisjes op de uiteinden van hun stengels. Knielend bij de acanthus keek hij naar de zaden en het gedoornde blad dat hen beschermde. Hij keek naar de grote sierlijk krullende bladeren waarvan het woordenboek wist te vertellen dat zij eertijds als versieringsmotief gebruikt werden in de kapitelen van Corinthische zuilen. Deze plant mocht hij niet vergeten. Hij nam zich voor in uren van verlatenheid de acanthus in gedachten te nemen.

Toen hij twee flessen Italiaanse wijn ging halen streek hij met een hand over de witte muur langs de keldertrap en veegde het witsel van zijn vingers op zijn neus. Vanuit de tegenzin Emilia nu gastvrij te onthalen kwam het plan in hem op haar een dictee te laten maken; zij zou zich niet belaagd voelen zolang Helevis haar gewillig chaperonneerde.

Emilia had haar stoel een kwartslag gedraaid, zij rookte. Helevis liet zich met de drank in; Agnese zette de twee flessen bij hem op tafel, trok zijn zwart colbert weer aan en liep heen en weer, in gedachten op zoek naar de eerste zinnen van het dictaat.

'Emilia, in de linkerlade van het dressoir tref je schrijfgerei aan, haal dat eens te voorschijn. Om je rentree enig reliëf te geven wil ik beginnen met een dictee.'

Zij volgde de aanwijzingen op, Helevis reikte de glazen aan, zij dronken. In het langzame tempo van een dictee zei Agnese:

'*Hij maakte zijn opwachting aan de voet van de ladder.* Schrijven!'

'Moet ik dit opschrijven?'

'Jazeker.'

Geduldig keek hij naar haar schrijvende hand, naar de woorden die op het papier kwamen in de volgorde waarin hij ze uitsprak, vervolgde:

'*Toen zijn gasten zich bij hem gevoegd hadden vernam hij*

dat er een comité was opgericht dat bij meerderheid van stemmen kon besluiten uitverkoren personen in zijn residentie te huisvesten.

Zou je zo'n hovaardig gezelschap niet naar huis sturen?

Hij moest toegeven dat er uren waren waarin hij naar zo'n gezelschap verlangde.' Hij wachtte; herhaalde zijn laatste woorden, klopte ongeduldig op de dikke buitenmuur, maakte de deur naar de hal open en weer dicht alsof hij een geest binnenliet, vervolgde op dicteersnelheid: '*Het pand werd in 1894 gebouwd als ontvangst- en documentatiecentrum van de vuur- en kalksteenmaatschappij Neergoed.*

In de tweede wereldoorlog bood Neergoed onderdak aan het verzet tegen vijandelijke overheersing.

Om hun aanwezigheid te rechtvaardigen voerden de leden van de ondergrondse beweging in het pand tal van zinloze verbouwingen uit. De badkamer gelijkvloers, een relict uit die periode, geniet koninklijke bescherming.

Na de oorlog werd Duitsland Europa's eerste leverancier van wasmachines.'

Hij keek mee over haar schouder, zij was pas bij oorlog. Hij zag haar de zin voltooien zonder dat hij de woorden hoefde te herhalen. Zij keek op, zei, 'Wat nu? Zijn we klaar?'

'Schrijven,' gebood Agnese, 'waar zijn we, nieuwe regel:

Het kamermeisje klopte op de deur van de hotelkamer op de tweede verdieping van hotel Primula aan het piazza Carignano.

Dit dictee machtigt Emilia Ter Slieven bij afwezigheid van de hoofdbewoner op te treden als dame de reception. Getekend, met respect voor het donker, Agnese I.'

Hij plaatste zijn signatuur onder zijn naam, ging zitten, en zag vanaf de bank Emilia's opgetogen oogopslag. Zij fluisterde nauwelijks hoorbaar: chique, en lachte. Maar Agnese lachte niet mee; hij dronk, en alsof hij een dagmars vol onbegrip achter de rug had zei hij stug, 'Tegen jullie kan ik praten, maar zij, Albert en Deniak, zij begrijpen niet dat jouw aanwezigheid aan Neergoed de leegte ontneemt. Zij begrijpen niet dat ik de leegte gebruik, dat het de leegte is die mij ontvankelijk maakt. Ik slaag er niet in je als een onbekende op te vatten. Was je voortdurend om me heen, ik zou je onderwerpen aan mijn grillen; je zou grillen in mij opwekken en uit verweer tegen je bemoeizucht zou ik de gekste dingen tegen je zeggen enkel en alleen omdat jij je daar bevindt.'

'Het schrikt me niet af,' antwoordde ze blijmoedig.

'In gedachten reis ik door half Europa. Ik zit in Nice in Café de Turin op de postkoets te wachten. In Turijn betrek ik een hotel met uitzicht op het geboortehuis van de eerste koning van Italië. Ik zit met Goethe in de postkoets op weg naar Venetië zonder dat ik mij bekendgemaakt heb, de reis zal meerdere dagen duren. Wij overnachten in dezelfde herberg. Aan tafel begin ik het gesprek dat de apotheker Homais voert met dr. Bovary op de avond dat hij aankomt in de Lion d'Or in Yonville, over de onaangename gevolgen van de grote aantallen koeien in de weiden. Ik betrek er andere reizigers in. Goethe kijkt vreemd op als ik zeg dat ik apotheker ben. Wij drinken. Hij luistert aandachtig. Dat die koeien heel wat amoniak uitscheiden waardoor er schadelijke dampen in de atmosfeer vrijkomen wil hij wel geloven. Wij zijn het er ook over eens dat respectvol moet worden omgegaan met het bos en de velden en dat het noodzakelijk is van tijd tot tijd het uitspansel in ogenschouw te nemen.

Een praatlustig type, die Homais, niet de eerste de beste. Voor je het weet zit hij bij je aan tafel en vind je hem een aardige man. Fantasie en gevoel voor humor, een man van de wereld. Achter je rug... luister je wel, Emilia? En heb je wat te drinken? Ik val je lastig met Homais. Die weet zijn mond wel te roeren. Niet dat Goethe bekend is met de schepping van Flaubert, maar op reis met een apotheker praten vindt hij hoogst interessant. Apothekers hebben de beschikking over chemicaliën waarmee zij naar believen hun geest en hun lichaam kunnen ontregelen. Hoor je, geest en lichaam, een beter woord is er niet. Of moet ik zeggen zichzelf? Zichzelf ontregelen, gezondheid!'

Agnese hield zijn glas omhoog, dronk het schielijk leeg en liep in zichzelf pratend naar de schenktafel om het bij te vullen. 'Pas maar op voor groene leren pantoffels en een fluwelen muts met gouden kwast. Wat zeg je? Of ik jou ook een plaats kan geven in die roman? Nee, types als jij bestonden nog niet. Er is sindsdien honderd jaar geploeterd.' Opnieuw ging hij breeduit op de bank zitten. 'Wat nu? Hoe ver staan we af van de verscheurdheid van Emma Bovary? En wat betekent verscheurdheid nog vandaag, gefragmentariseerd als we zijn in minstens vijftien personen die elk hun eigen dialect spreken!

Zou je madame Bovary hier ontvangen? Met toeristen zul je geen moeite hebben. Vergeet niet te vragen hoe zij de weg naar Neergoed gevonden hebben, want alleen de veilige bestemmingen staan aangegeven in de folders.

Controleer hun huidvet. Bij gebrek aan huidvet huidvet verschaffen. De meeslepende kracht van het woord stelt je in staat hen te ontvoeren naar elk gewenst onderwerp. Dame de reception. Wees maar niet bang Helevis, zij weet zich heus wel te redden. Hoewel zij geen rat gezien heeft vertelt zij over een rat die rondscharrelde in de dependance en haar brutaal aankeek. Zij vertelt dat zij bezoek heeft gehad van een violist die zijn conversatie voortdurend doorspekte met voorbeelden uit de muziek; zijn viool gaf hem vleugels.

Zij vertelt dat zij soms heel klein wordt in huis, dat zij dan bang is dat er bezoekers komen, kan zij de deur openkrijgen, kan zij bij het slot? Daarentegen zijn er andere keren dat zij met het huis staat te zwaaien als ware het een boodschappentas.

Zij heeft een bord bij de poort geplaatst: Voor inlichtingen aanbellen .

Dag mevrouw, mag ik mij voorstellen, ik ben mijnheer Homais, apotheker. Zijne Majesteit heeft mij gevraagd bij hem aan te komen maar daar het mij onmogelijk is van tevoren te zeggen wanneer en hoe laat probeer ik maar eens of het Zijne Majesteit gelegen komt, zoniet dan was het toch de moeite van het proberen waard. Dank u. Ik behoor tot de goede vrienden van het huis. Ik kwam al in dit pand voor Z.K.H. zich hier vestigde. Destijds woonde hier het hoofd van de planologische dienst van de provincie. Bent u niet mevrouw Ter Slieven? Aangenaam met u kennis te maken. Ik begrijp dat Zijne Majesteit niet gestoord mag worden, zo hij al thuis is, als ik zo vrij mag zijn het woord "thuis" te bezigen. Zijn wij niet allen ballingen, uit onze biotoop verdreven door de ijver, de driftige aanpak, ja de blinde woede waarmee voorouders en tijdgenoten de natuur te lijf zijn gegaan. Ik zou graag uw aandacht vestigen op de plantensoorten die hier zo weelderig groeien. Het is van belang onderscheid te maken tussen de heilzame planten en de giftige. Gezien het kinderspeelgoed dat hier rondslingert wil ik graag van de gelegenheid gebruikmaken u te wijzen op enkele giftige variëteiten in de flora hier ter plaatse. De atropa belladonna, beter bekend als doodkruid, evenals de aardappel behorend tot het geslacht der nachtschaden, voorts digitalis, datura stramonium, glycine. Aangelokt door deze hogere planten heb ik ongevraagd een wandeling door de tuin gemaakt, mijn verantwoordelijkheid als apotheker, begrijpt u.' Zijn monoloog brak abrupt af. Hij keek Helevis aan, tranen welden op in zijn ogen. 'Liever La Bruyère dan Flaubert. Flaubert de sluipschutter. Zul je die Homais onverwijld de deur wijzen Emilia!'

Zijn glas viel op de grond in scherven. Hij liep naar het witte tafelkleed en zette de fles aan zijn mond.

'Ik wil dat jullie deel uitmaken van het consortium. Ik ben niet beschikbaar. Cha-chaperonneer haar.' Hij kreeg het woord bijna niet uitgesproken en wees met de wijnfles naar Emilia. 'Ik heb je gezocht. Ik heb tussen de struiken gekeken. In de ochtendnevel ben ik langs de oever van de rivier gelopen. Ik wist dat je te voet zou komen. Boven de paardenstal spreidde ik een rustplaats voor je uit in het stro. Onherkenbaar in lompen gehuld keek ik uit naar iemand die zich verborgen hield, een verstekeling die zich wel zou wachten te voorschijn te komen. Voor jou bewaarde ik mijn kroon in een jute zak. Jij hebt mijn afzondering instandgehouden en ik ben je dankbaar Emilia voor zoveel goedgeefsheid.

Helevis heeft me verslag uitgebracht van het gekissebis waaraan je ten prooi viel toen ik je na aankomst aan mijn hofhouding heb uitgeleverd. Blijkbaar was niet iedereen op de hoogte van het spel dat hier gespeeld werd. Je hebt je geweerd. Je hebt je rechten opgeëist. Beklim de ladder.'

Dat hij haar gezicht kuste verbaasde haar niet. Met de wijnfles in zijn hand ging hij de kamer uit. Steun zoekend bij de deurpost keerde hij zich om. 'Helevis, vriend Helevis, heb je nog een wens? Wat had je over de lamp gezegd, ik herinner het me wel. De lamp liet weten dat hij zich excuseerde, hij kon zijn straling niet binnenhouden, het was om gek van te worden. Zeg ik het goed? Een wens!'

'Ik zou graag iets eten.'

'Ga kijken in de keuken of je iets kunt vinden van je gading. Of in de kelder. Mijn huis is jouw huis, wees niet bevreesd.'

Hij beklom de trap, op weg naar zijn nachtkantoor waar hij iets op wilde schrijven voor Deniak.

Bovenaan het papier noteerde hij: *Zondag 22 september.* Daaronder: *Ontvangsten, voordrachten, gesprekken.*

Snel kwamen de woorden in hem op.

Ik zal me voortdurend met haar bemoeien. Ik zal haar in mijn plannen betrekken. Ik zal haar aanspreken en lastigvallen, midden in de nacht klop ik op haar deur en scheld als zij niet opendoet. Ik hoor het al, vanuit haar kamer geeft ze me te verstaan dat ik op moet houden. Ik willig haar wens in en ga naar het achterbos om daar de nachtuil te imiteren. Door geluiden van de nachtuil na te bootsen klaag ik mijn nood in de natuur. Met welke geluiden de prehistorische mens zijn locatie bekendmaakte weet ik niet, maar om haar te gerieven kies ik voor de nachtuil.

Reizend laat ik mij in met imperatieven. Overal zal het per-

soneel mij te woord staan. Wat denk je, zullen de inwoners mij komen vragen of ik hun gast wil zijn?

Gespräche mit einer Dame. En mocht je iets bijzonders in gedachten komen, laat het haar weten; je hebt me toch niet opgescheept met een kat.

Agnese I. Neergoed.

Hij vouwde het papier dicht, schreef op een envelop het adres van Deniak, plakte een postzegel, vouwde het papier weer open, schreef: *Ps. Ik stel vast dat het hof zich niet onbetuigd heeft gelaten.* Brief erin, envelop dicht. Hij stak zijn portefeuille bij zich, pakte beneden in de hal zijn regenjas en zijn hoed van de kapstok en liep naar buiten. Hij ging zijn brief posten. Zou hij niet omkeren dan had hij Neergoed verlaten.

Eerder verschenen bij IJzer
(zie ook: www.uitgeverij-ijzer.nl)

IJZERPROZA:

Anoniem — *De doorluchtige daden van Jan Stront*
17de eeuwse Nederlandse pornografische roman
Konrad Bayer — *het zesde zintuig*
Paul Bogaers — *Tropenwee*
Campos Reina — *De Duivelsstok*
Joseph Conrad — *Tyfoon*
Joseph Conrad — *Nostromo*
Rafael Sánchez Ferlosio — *Het getuigenis van Jarfos*
Friedrich Glauser — *Gesprongen glas*
Christian Dietrich Grabbe — *Scherts, satire, ironie en diepere betekenis*
Pierre Guyotat — *Eden, Eden, Eden*
Richard Huelsenbeck — *De ondergang van Dr. Billig*
Henry James — *De onschuldigen (The Turn of the Screw)*
Alfred Jarry — *Handelingen en opvattingen van doctor Faustroll, patafysicus*
Baron De Lascano Tegui — *Blauwe onschuld*
D. H. Lawrence — *Etruskisch testament*
Paul Nougé — *De verboden beelden*
Benjamin Péret — *Op het veld van eer*
Robert Pinget — *Iemand (quelqu'un)*
Robert Pinget — *De verlossing*
Robert Pinget — *Vrijbuitersgraal*
Robert Pinget — *Theo of de nieuwe tijd*
Robert Pinget — *De vijand*
Robert Pinget — *Meneer Songe*
Robert Pinget— *Passacaglia*
Eça de Queiroz — *De mandarijn*
Raymond Queneau — *De zondag des levens*
Alain Robbe-Grillet — *Djinn*
Cyriel van Rossum — *Zodat er niets meer van klopt*
Arno Schmidt— *Meerlandschap met Pocahontas*
Jonathan Swift — *Een bescheiden voorstel...* (Satirische geschriften)
Francisco Umbral — *Sterfelijk en roze*
Hermann Ungar — *De klas*
Virginia Woolf — *Ezeltje West* (alle brieven aan Vita Sackville-West)

IJZERPOËZIE:

Georges Bataille — *De zonne-anus/Erotische gedichten*
R.H. Bekker — *Kruisigingen*
Jan Bervoets — *het klaarlichte molest*
Jan Bervoets — *loflied op de beschaving*
Blaise Cendrars — *Panama*
Willem Desmense — *stad en land*
Marco van Heugten — *Hallosonnetten*
Han van der Vegt — *Oker*
Han van der Vegt — *Pilonder*

IJZERKRITIEK:

Roland Barthes — *Uit de taal van een verliefde*
Seksuele obsessies — Surrealistische séances (1928-1932)
Rue Sauvage — van Cobra tot Postmodern — teksten van de situationisten (Asger Jorn, Constant, Armando, Guy Debord)
Raoul Vaneigem — *Het stuurse gezicht van het surrealisme*
Agustín Sánchez Vidal — *Buñuel, Lorca, Dalí: het eeuwige raadsel*

In voorbereiding:

Roland Barthes — *Mythologieën*
Paul Bogaers — *Onderlangs*
Julio Cortázar — *De prijswinnaars*
Heinrich Heine — *Florentijnse nachten / Memoires*
J.Z. Herrenberg — *Door het oog van de cycloon*
Raymond Queneau — *De droomheld (Loin de Reuil)*
Raymond Queneau — *Dagboek van Sally*
Cyriel van Rossum — *En dan juist uitbreken*
Siegfried Sassoon — *Memoires van een man die op vossen jaagde*
Siegfried Sassoon — *Memoires van een infanterieofficier*
Arnold Spauwen — *Euphemia*

De klas
Hermann Ungar

Na het succes van zijn eerste roman *Die Verstümmelten* (1922, Nederlandse vertaling *De verminkten*) bereikte Ungar met de roman *Die Klasse* (1927) het hoogtepunt van zijn korte, literaire carrière.

Met een sterk inlevingsvermogen wordt in *De klas* de leraar Josef Blau en diens strijd om het bestaan beschreven. Blau geeft les aan kinderen van vermogende en invloedrijke burgers. Hij is van nature niet het gangbare type van de schooltiran en voelt zich bedreigd door de aanhoudende aanvallen van de leerlingen. Het standsverschil tussen Blau en zijn leerlingen wordt door de lessenaar niet opgeheven. Dit brengt niet alleen Blaus pedagogische autoriteit aan het wankelen, maar het tast de gekwelde en gehoonde leraar eveneens aan in zijn menselijke waardigheid. Al snel komt hij dan ook terecht in een vicieuze cirkel van angst en plichtsbesef.
Wie echter denkt dat *De klas* een typische 'schoolroman' is komt bedrogen uit. Naast de verstikkende huiselijkheid van een kleinburgerlijke familie die overigens meesterlijk wordt beschreven, voert Ungar een aantal onvergetelijke personages op: de idealistische leraar Leopold, de toegewijde Selma, de wulpse schoonmoeder, de gulzige vreetzak oom Bobek en, niet in de laatste plaats, de demonische Modlizki.

De in 1893 geboren Hermann Ungar sterft in 1929 aan een verwaarloosde blindedarmontsteking. Zijn literaire nalatenschap is niet omvangrijk maar wel van een zeer hoog niveau. *De klas* is Ungars laatste grote roman.

Roman
Vertaald uit het Duits door Angela Adriaansz
Omvang: 221 blz.
Prijs: € 20,50
ISBN 90 74328 32 6